乙女ゲームの破滅フラグしかない悪役令嬢に転生してしまった…13

JN118290

山口悟

SATORU YAMAGUCHI

一迅社文庫アイリス

CONTENTS

破滅フラグしかない
AKUYAKUREIJYOU NI TENSEI SHITESHIMATTA
に転生してしまった…

人物紹介

カタリナの義理の弟。クラエス家の分家からその魔力の高さ故に引き取られた。色気のあふれる美形。魔力は土。

ジオルドの双子の弟で第四王子。野性的な風貌の美形で、俺様系な王子様。楽器の演奏が得意。魔力は水。

王国の第三王子。カタリナの婚約者。金髪碧眼の正統派王子様だが、腹黒で性格は歪みぎみ。何にも興味を持てず退屈な日々を過ごしていたところで、カタリナと出会う。魔力は火。

『平民』でありながら『光の魔力を持つ』特別な少女。本来の乙女ゲームの主人公で努力家。得意なことはお菓子作り。

侯爵家の四女でアランの婚約者。可愛らしい美少女。『令嬢の中の令嬢』として社交界でも知られている。

伯爵家の令嬢でニコルの妹。白い髪に赤い瞳のため、周囲から心無い言葉を掛けられ育ってきた。物静かで穏やかな気質の持ち主。

★ポチ

闇の使い魔。普段はカタリナの影の中にいる。

★アン・シェリー

カタリナ付のメイド。
カタリナが八歳のときから仕えている。

乙女ゲームの破滅フラグしかない悪役令嬢

OTOME GAME NO HAMETSU FLAG SHIKANAI

カタリナ・クラエス

クラエス公爵の一人娘。きつめの容貌の持ち主（本人曰く「悪役顔」）。前世の記憶を取り戻し、我儘令嬢から野性味あふれる問題児（？）へとシフトチェンジした。単純で忘れっぽく調子に乗りやすい性格だが、まっすぐで素直な気質の持ち主。学力と魔力は平均かそれ以下くらいの実力。魔力は土。

ニコル・アスカルト

国の宰相であるアスカルト伯爵の子息。人形のように整った容貌の持ち主。妹のソフィアを溺愛している。魔力は風。

★セザール・ダル
エテェネル国の王弟。傭兵をしていた過去がある。褐色の肌の美男子。ゲームの続編の攻略対象。

★ジャン
エテェネル国王の乳母の息子でセザールの従者。セザールとは幼馴染で親友。

★ラーナ・スミス
魔法道具研究室の部署長。カタリナの上司。有能だが変わり者。

★サイラス・ランチャスター
魔力・魔法研究室の部署長。真面目で堅物。ゲームの続編の攻略対象。

★ラファエル・ウォルト
魔法省に勤める青年。穏やかな性格の持ち主で有能。

★デューイ・パーシー
飛び級で一般の学校を卒業し魔法省に入った天才少年。ゲームの続編の攻略対象。

★ガイ・アンダースン
魔法省の職員。筋肉質なマッチョだが心は乙女。自称ローラ。

★ジェフリー・スティアート
王国の第一王子。常に笑みを浮かべた軟派な印象の人物。

★スザンナ・ランドール
ランドール侯爵家の次女。第一王子の婚約者。

★サラ
闇の魔力を持つ黒衣の女性。闇の魔力に関する事件にかかわっている。

ソラ

火と闇の魔力を持つ青年。魔法省に勤め、職場ではスミス姓を名乗っている。ゲームの続編の攻略対象。カタリナを気に入っている。

イラストレーション◆ひだかなみ

乙女ゲームの破滅フラグしかない悪役令嬢に転生してしまった…13

I was reborn as a villain daughter

第一章　留学の話

家の裏に広がる山の木の下で、足を抱えて私は途方にくれていた。

木登りをしようとして失敗して足をひねってしまったのだ。足首がズキズキして上手《うま》く歩くことができない。おまけにそうこうしているうちにどんどん日が沈んでいく。

こんなことになったのは一人で木登りの練習をしていたせいだけど、それには理由があった。

私には兄が二人いる。一番上の兄は年が離れているのもあって優しいのだけど、問題は二番目の兄である。

幼い頃から何かとセット扱いされる奴《やつ》は、私より数年早く生まれているため、私よりなんでも先にできてしまう。

木登りもそうだ。私が先にじぃちゃんに教えてもらったのに、後からはじめた奴の方があっという間に上手くなってまるで猿みたいにスルスルと素早くのぼっていく。

私もそんな風になりたくて練習するんだけど、なかなか上手くいかない。それを奴は揶揄《からか》ってくるのだ。腹が立つ。

だから、上手くなったところを見せつけたくて一人でこっそり練習した結果がこれである。

これではまた奴に揶揄われる。

そんなことを考えている間にもあたりは段々と薄暗くなっていき、不安になる。

もしかしてこのまま見つけてもらえなかったら、どうしよう。そう大きな山ではなく熊が出たという話も聞かないけど、でも夜になれば野生の動物たちが動き出すってばぁちゃんも言っていた。身体《からだ》がぶるりと震えた。

早く見つけてもらわなければと、私はお母さんやお父さん、おじいちゃんにおばあちゃん、一番上の兄の名を大きな声で呼んでみた。でも誰《だれ》も来てはくれない。だから少ししゃくだったけど、奴の名前を呼んでみる。

「――兄ちゃん」

すると、しばらくして近くの茂みの脇《わき》から、

「おう」

という声とともにひょこりと二番目の兄が顔を出したではないか、驚いて固まる私に兄は飄《ひょう》々《ひょう》とした様子で言った。

「お前の帰りが遅いから探しに行くように母ちゃんに言われたんだよ。ん、どうした。足怪我《けが》したのか？」

私が足をおさえているのを見てそう聞いてきたので、

「……うん、挫《くじ》いちゃったみたい。上手く歩けないから大人を呼んできて」

木登りのことは言わず、そう返した。

「う～ん。でも呼びに行っている間に日が落ちるぞ」

「うっ」

確かにもう日はほとんど落ちている。ここでまた一人になると思うと途端に不安になった私に、兄は、

「ほら、乗れ」

そう言って背を差し出してきた。

「えっ、でも」

大人ならいいけど、さすがにそれほど体格の変わらない兄の背中に乗るのは躊躇《ためら》われた。

「お前と違って鍛えているから大丈夫だよ。早くしろ、日がくれちまう」

兄がそう急《せ》かすので、私はお言葉に甘えてえいっとその背に乗った。

「……よし、じゃあいくぞ」

そう言うと兄はそのまま下り坂をすいすいと下りはじめた。

それほど大きさの変わらない私を担いでこんなにすいすい下りられるなんて、やっぱり兄はすごいんだな。少し悔しいけどそんな風に思った。

そして大きくはないけど頼りになる背中にしっかりつかまった。

家に着くと兄は玄関に私を下ろして、

「ただいま、——が足捻《ひね》った〜」

と家の中に声をかけると、

「ええっ、本当!?　大丈夫なの？」

母が慌てて出てきた。そして私たちを見てぎょっとして声をあげた。

「ちょっとあんたどうしたの!?　その傷は？」

母の視線の先を追えば、そこには確かにぎょっとしてしまうほど傷だらけの兄の足があった。

「少し擦りむいただけ、洗っとけば治る」

傷だらけの足から血を流しながら兄はそんな風に言ってそのまま家の中へとさっと入っていってしまった。

「いや、それは少しではないでしょう。ちゃんと消毒しなさい」

兄の後ろ姿にそう声をかけた母は、今度は私に向き直り、

「あんたは足をひねったんだっけ、歩けそう？」

と聞いてきた。

山道でなければゆっくり歩けそうだったので「大丈夫」と返事をしながら、先ほどの兄の傷だらけの足を思い出す。

きっと私をおんぶしていたせいでいつもみたいに上手く動けなくて、木や草で擦ってしまったんだ。平気そうにしてたけど、きっと本当は痛かったと思う。なんだか胸が熱くなった。

「ほら、掴《つか》まって、足は中でよく見てあげる」

母に促されて立ち上がる。さっきより少し痛みが引いている気がする。これじゃあ、兄の方が重症かもしれない。

「それにしてもあんたたち、今日は二人で遊んでたの？　いつも危ない遊びはするなって言ってるじゃない。気を付けなさいね」

「えっ、お母さんが探しに行くように頼んだんじゃないの？」

「えっ、なんのこと？」

母は不思議そうな顔をした。

じゃあ、兄は暗くなってきたから、帰ってこない私を自主的に探しにきてくれたのか。

素直じゃなくて、いつも揶揄ってばかりきて意地悪な兄――でも本当はすごく優しいことを私は知っている。

「……ありがとう。――兄ちゃん」


「――起きてください。朝ですよ」

その声に重い瞼《まぶた》を開ければ、そこには見慣れた天井があった。

高級な家具でととのえられた広い部屋のベッドの上。

ああ、そうだ。私はもう――ではないんだ。私は、

「カタリナ様、目は覚めましたか？」

そう言ってこちらを覗《のぞ》き込《こ》んできたのは私、カタリナ・クラエス付きのメイドのアンだ。

「……おはよう、アン」

まだどこかぼんやりする頭で、重たい瞼をこすりながらそう答えると、アンに強制的に起こされる。

「今日も魔法省のお仕事ですよ。さぁ、お支度しましょう」

テキパキと動くアンに身を任せれば、あっという間に支度がととのっていく。ありがたいことだ。

こんな風にメイドに支度をしてもらうことなんて、前世の平凡な生活では考えられないことだった。

そう前世、公爵家の令嬢カタリナ・クラエスとして生まれる前の人生の記憶を、私は持っているのだ。というか思い出したのだ。

それは八歳のある日、父と一緒にお城へ行き、庭を見せてもらっている時に転んで頭をぶつけ、その拍子に頭の中にぱーと蘇《よみがえ》ってきたのだ。ここことは違う世界の日本という国でどこにでもいる平凡なオタク女子高生だったという記憶が。

記憶が蘇ったせいか、高い熱を出して寝込んだ私は、女子高生だった記憶に引っ張られてキャラ変をしつつ、心機一転生活していたわけだが、そこでとんでもないことに気が付いてしまった！

それは私が今生きているこの世界が、前世の私が死んでしまう直前までやっていた乙女《おとめ》ゲーム『ＦＯＲＴＵＮＥ・ＬＯＶＥＲ』の世界であるということだ。

乙女ゲームの世界に転生、びっくりしたけどそれ自体はさほど問題ではなかったのだが……

なんと今世の私は『FORTUNE・LOVER』で主人公を虐《いじ》めて破滅する悪役だったのだ！

主人公がハッピーエンドで国外追放、バッドエンドで死亡の破滅ばかりの悪役、それがカタリナ・クラエスという人物だった。

このままでは前世に引き続き、今世まで早死になってしまうと気付いた私はそれから破滅を回避するための努力を開始した。

畑を耕し、剣を習い、蛇のおもちゃを作り、その間にひょんなことから攻略対象やライバルキャラの皆と友達になったりしつつ、畑を耕し、そうして努力した結果、私は無事に魔法学園でおとずれるかもしれなかった破滅を乗り切ることができたのだった。

そしてこの春、無事に学園を卒業し、仲良くなった主人公、マリアと共に魔法省に就職したのだ。

前世も含めて初めての就職で、頑張るぞと気合を入れたのもつかの間、今度はこの魔法省で『FORTUNE・LOVER』の続編『～魔法省での恋～』がはじまることを知ってしまった！

しかも無事に国外追放されたはずのカタリナ・クラエスが出戻って再び悪役に、それも今度のエンドは投獄と死亡という前回よりもグレードアップし破滅！

せっかく学園での破滅を乗り越えたのに、また破滅なんて絶対に嫌！

今度もどうにかして破滅を乗り越えようと色々と考えるけど、そんな私の意思とは関係なしに、『闇《やみ》の使い魔』やら『闇の契約の書』やら完璧な悪役のアイテムを手に入れてしまう。

それでもたまに見ることができる不思議な夢と、私の素晴らしい推理力により、残りの乙女ゲームの期間はあと半年ということがわかり、あと半年をなんとか乗り切ってみせようと頑張る日々だ。

「……カタリナ様、準備は整いましたよ」

「あっ、ありがとう。アン」

おっとすっかり思考に入り込んでしまっていた。

よし、今日も一日、お仕事、頑張るぞ！

朝方見た、懐かしくてせつない夢の記憶を振り払うべく、私は気合を入れた。

魔法省に入省し、魔法省で一番入りたくないと噂《うわさ》されているらしい変人ばかりの部署、魔法道具研究室に配属されはや半年と少し、部署の仕事にも変わり者の先輩たちにもだいぶ慣れてきた。

有能ゆえに雑用を押し付けられがちという魔法道具研究室の仕事は肉体労働も多いから、机で書類を読んでいると眠くなることが多い私には合っていたのだけど……。

『闇の契約の書』という怪しげな本を見つけてからは、午後からその解読をさせられており、それが読めない文字（昔の文字）を辞書で引いて読んでいるからまたすごく眠くなる。

そして最近ではこの『闇の契約の書』を使うために闇魔法の訓練までするこことになっている
ので、それで午前も潰《つぶ》れ、せっかく教えてもらった魔法道具研究室のお仕事ができないのが悲しい。

おまけにその闇魔法の訓練は、諸事情により我が魔法道具研究室の『真の部署長』と呼ばれ、趣味に没頭してしまい仕事をさぼりがちな本来の部署長ラーナに代わって部署をまわしているラファエルに先生をお願いすることになってしまい、ただでさえ忙しいラファエルを拘束《こうそく》してしまうことを申し訳なく思っている。

だから『闇の契約の書』の方はともかく闇の魔法の方は少しでも早く習得したいと思っているのだけど……。

「よく吸い取れましたね」

私の部署の『真の部署長』であり闇魔法の先生でもあるラファエルが、笑顔で言ってくれたけど、なんだか少しだけ困っている気がする。

ラファエルの言う通り、私の闇魔法は今日もよく吸い取った。吸い取るのはすごく上手くなった。素早くするっといい感じに吸い取れるようになった。しかし、それ以外の進歩がまったくないのだ。

出せる闇は相変わらずのみかんサイズで、出した闇の形を変化させる練習もぼんやりそれっぽい形になるだけでそこから進まないまま日々だけが流れていく。非常に申し訳ない。

「……私、闇魔法の才能がないのかもしれません」

というか土の魔法も同じくしょっぼいし、そもそも魔法の才能がない気がする。

「そんなことないですよ。闇を吸い取る魔法はどんどんと上達しているじゃないですか」

しょんぼりする私にラファエルはそんな風に声をかけてくれる。

私の先生、優しすぎる。

「ありがとうございます。でも、本当に吸い取るしかできないから……」

そもそもこの生み出された闇を吸い取ることを、『闇の魔法』としていいのかも考えてしまう。

人の心を操る系は危険だし人道に反するため使わないので関係ないとしても――他《ほか》の人が使っている闇の魔法といえば闇で部屋をおおったり、闇の空間を作り出したりとかそういう、闇をバーンと扱う大規模なもの。それなのに私ときたら出せる闇はみかんサイズが限界。空間を作るなんて夢のまた夢だ。

そもそも闇を吸い取るのが上手いと言っても、そのためにはまず闇を出せないと始まらないわけで、それがみかん程度しか出せないと、あまりというかほとんど使いみちがない。

これじゃあ、新たな闇魔法の発見を望む魔法省で幹部の期待には応えられそうにない。

私はしょんぼりと肩を落とした。

そんな私にラファエルは優しい笑みを浮かべ言った。

「これだけ素早く吸い取ることができるのもすごいことだと思いますよ。カタリナさんにはそれが向いているということですよ」

「向いてる？」

優しい灰色の瞳《ひとみ》を見つめ返してそんな風に聞き返すと、

「はい。同じ属性の魔力を同じ量持っているからといってまったく同じように魔法が使えるわけではないですよね。それぞれ得意な魔法があって苦手なものがある。カタリナさんは吸い取る魔法が得意で闇を出すのは苦手なだけです。だからそんなに気にしなくても大丈夫」

そんな言葉をくれた。

私は土の魔力を持っているけど、それは微々たるもので魔法も土ボコしか使えないから、魔法のそういった事情は知らなかった。同じ魔力でも皆、違うものなのね。

そう考えると胸のもやもやが薄くなっていく。

そこへラファエルが続ける。

「でも、そのままだと色々進みませんので、しっかり訓練はしていきましょう。苦手なものでも続けて努力していけば少しずつでもできるようになりますよ」

魔法は個人差があるのでできなくても気にしすぎない。でも努力していけば少しずつでもできるようになる。

それは今の私にすごくよく効く素敵な言葉だった。

ラファエルは本当に素晴らしい先生だな。生徒の気持ちをよくわかっている。

「はい。頑張ります。よろしくお願いします」

私は顔をしっかり上げて元気にそう返した。

するとラファエルがクスリと笑った。

「？」

首をかしげる私にラファエルがさらにクスリとほほ笑む。

「いえ。やっぱりカタリナさんはこうでなくてはと思って」

「はぁ？」

どういう意味かしら？　やはりわからないままの私に、

「闇を吸い取る魔法、カタリナさんにとても似合ってますよ」

ラファエルがそんな風に言った。

「似合ってる？」

再び首をかしげる私に、ラファエルは楽しそうな笑顔で、

「はい。カタリナさんは闇を消していく、太陽のような存在ですからね」

そんな攻略対象の口説き文句みないな台詞《セリフ》を口にした。

「……た、たいよう」

思わず固まる私にラファエルはにっこりと笑みをくれた。

すごい自然な誉《ほ》め言葉に、そこからの眩《まぶ》しい笑顔。その威力に少しだけ頬《ほお》が熱くなる。

そこで私はそういえばラファエルもゲームⅠの攻略対象だったと思い出した。それも隠しキャラでラスボス的な存在。

見た目は赤い髪に灰色の瞳の美青年、それでいて優しくて、人の悩みも上手《じょうず》に聞いてくれ、おまけに心のケアまでできて、こんな台詞を優しい笑顔で言えるなんて――ラファエルが本気だしたら、落とせない女はいないのではないだろうか。

「じゃあ、もう一度、やってみましょうか」

にこやかに告げるラファエルに、改めて攻略対象としてもすごさを感じながら、

「はい」

としっかり返事をして、私は気持ちを新たに闇の魔法の訓練を再開した。

ラファエルとの闇魔法の訓練を終えるとお昼休みだ。

部署で午前中の仕事のチェックをしてから休みに入るというラファエルと別れて、私は一人食堂へと向かう。

魔法省にはいくつかの食事を食べられるところがあり、おしゃれなカフェのようなところもあるのだが、私は一番規模が大きくて、がっつりメニューが多い食堂を日々使っている。

そこで午後に向けて力を養うために、美味しい食事をいただくのだ。

え～と、今日の日替わりメニューはなんだろうと真剣に確認していると、後ろから声をかけられた。

「おっ、今日の訓練は終わったのか」

聞き慣れた声に振り向けば青い髪と瞳の色っぽい美青年、ソラが立っていた。

同期で魔法道具研究室の同僚でもあるソラと私は、私が闇の魔法の訓練や闇の契約の書の解読に駆り出されるまではセットで動いていたこともあり仲良しだ。

ただソラは乙女ゲームⅡの攻略対象で、主人公であるマリアとソラが結ばれると私には破滅がやってきてしまう可能性がある危険な存在でもある。

それからマリアの上司で魔法省の花形部署、魔力・魔法研究室の部署長サイラスに、同期でありマリアの同僚である天才少年デューイも同じくゲームⅡの攻略対象であり、こちらの二人が主人公マリアと結ばれても私が破滅する可能性があるのだ。

そう考えると攻略対象たちとは距離を置いておいたほうがいいかもと思う時もあるが、ソラとはすっかり仲良しだし、サイラスとは（サイラスが魔法省にこっそり作っている）畑を世話する仲だし、デューイとも同期で会えば楽しく話す仲であり、今更さけるのもおかしいので、皆の（マリアとの恋愛の）動向を観察しながらともに過ごしている。

近くで見ているからこそ結ばれるかもとなればわかるかもしれないものね。

そしてゲームⅡの攻略対象はあと二人、どちらも隠しキャラで片方はまだ誰かもわからないけど、もう一人は――。

「どうした。そんなに悩むのか？」

ソラのその声にはっと現実に戻る。

しまった、また一人考えの中に入り込んでしまった。

まさかソラに乙女ゲームや攻略対象の話をするわけにはいかないので、とりあえず言われた通りご飯に悩んでいたということにしよう。

「あー、えーと、じゃあ今日はこのステーキのランチの大盛りをいってみようかな」

私がそう答えると、ソラは眉《まゆ》を顰《ひそ》めた。

「お前、この間も大盛り食べて、腹痛くて気持ち悪くなってただろう。もうやめとけよ」

「えっ、そうだったっけ。でも今日はお腹《なか》もすいているしいける気がするのよね」

「いや、いい加減に学べよ。絶対に同じことになるから」

そんなソラの説得を受け、結局、ステーキランチは普通盛りにした。

食堂のおばちゃんからステーキランチを受け取りソラと並んで席に着き、さっそく肉をいただく。

お口の中にじゅわりと広がる肉汁、とろけるような舌ざわり、相変わらずいい肉を使っているな。それにこの絶妙な焼き具合がたまらないな。

美味しい～、最高～と噛《か》みしめていると、

「カタリナ様」

そう呼ぶ声に肉から目線を上げると、満面の笑みを浮かべた金髪に澄んだ青い瞳の美女がお盆を片手にこちらへやってきた。

彼女こそ、この乙女ゲーム世界の主人公であるマリア・キャンベルである。

「ご一緒してもいいですか？」

私の前にやってきてそう聞いてきたマリアのご飯は、肉肉した私のランチとは真逆の野菜とフルーツ中心の可愛《かわい》らしいものだ。

このあたりにも主人公と悪役令嬢の違いがあるのかもしれないなんて思いつつ、

「どうぞどうぞ」

と前の空いている席を勧める。

「ありがとうございます」

マリアが嬉《うれ》しそうに前の席に腰を下ろした。

乙女ゲームが始まる前こそ、悪役令嬢のライバルである主人公を警戒したが、ゲームⅠの舞台である魔法学園に入って実際に接したマリアはすごくいい子で、おまけにお菓子作りも得意で、すっかり心（と胃袋）を掴《つか》まれてしまった。

それから卒業後、同じ魔法省に入ったこともあり、とても仲良くしている。

「今日の午後はいつも通りですか？」

マリアがサラダを綺麗《きれい》に食べながら、肉を齧《かじ》る私にそう聞いてきた。

「うん。いつも通りだよ。マリアは？」

「私もいつも通りです」

「じゃあ、一緒に頑張ろうね」

「はい」

午後の私たちは基本的に他に重要な仕事が入らなければ、マリアは『光の契約の書』の解読、私は『闇の契約の書』の解読をしている。

どちらも古い文字で書かれており、なおかつ、契約した者にしか読むことができないというやっかいな書であるため、辞書を使いながら同じ部屋で並んで解読の作業をしているのだ。

ただ学園の授業で習った古字（契約書はさらに古い文字だが共通点も多い）を卒業後もちゃんと覚えている頭のいいマリアと、古字のことなどテストが終わった途端きれいさっぱり忘れた常に平均点ギリギリだった私とではかなり解読スピードに差がある。

私が長い注意書きを必死に解読している間に、マリアはもう契約書から読み取った魔法を使えるようになっていたりするくらいに差がある。

それに午後からの、机に向かっての解読作業は私にはすごく向いていない。お腹が満たされたことにより眠くなってしまって、日々、眠気との戦いだ。

そんなこんなで解読作業は亀の歩みであるが、闇の魔法に注意書きが多いのはそれだけ危険なものだからで、これも大事なのだと思い頑張っている。

それからしばらく前に部署の先輩から言われた言葉も、私の気持ちを軽くしてくれ闇の魔法に向き合う気持ちを向上させてくれた。

これまで私は闇の魔法をただただ『悪いもの』だと思っていた。人の心を操るなんて悪い人が悪いことをするために作ったんだと思い込んでいた。でもある先輩が、

『闇の魔法はつらい記憶に苦しめられている人からそれを取り除くことができます。そうなれば闇の魔法はその人にはいい魔法になります。世の中には色んなものがあり、皆、自分が見た

い面からそれを見ます。闇の魔法＝悪いものと考えず、もしかしたらこの魔法が誰かを救うかもしれないと思えばやる気に繋《つな》がるのではないですか』
そんな風に言ってくれたから私の中での闇の魔法のイメージを変えることができた。助言をくれた先輩にはとても感謝している。
よって今の私は以前より契約書の解読に意欲的なのだ。
よ〜し、肉をしっかり食べて午後からも頑張るぞと私は再び肉をほおばった。

お昼も終わってたどり着いた契約書の解読のための部屋で、

「食べすぎた……苦しい。やっぱり追加でデザートを食べたのがいけなかったのかしら」

お腹を押さえてそう言う私にソラがとても呆《あき》れた顔を向け、

「だからさんざん言ったのに、お前は大丈夫だいけるとしか言わんし、なんど同じ過ちを繰り返すんだよ」

ため息交じりにそう言った。

まったく反論の余地がない。

だってステーキは大盛りにしなかったし、デザートは別腹だからいけると思ったのだ。

しかも私の場合、食べている時は全然、大丈夫だまだまだいけると思えるのだけど、それが食べ終わってしばらくしてから苦しくなる。つまり時間差があるのだ。そのためいつも苦しくなるまで気が付けないのだ。とか言い訳をしてみたけど、これは本当に自業自得で完全に私が悪い。

「本当にその通りです。いつも迷惑かけてごめん」

私を気遣ってくれるソラとマリアにそう詫《わ》びる。

「気になさらないでくださいカタリナ様」

マリアは優しくそう言ってくれ、ソラは、

「そう思うなら次こそは気を付けろ」

とぴしゃりと言った。

言葉の感じは真逆だけどどちらも私を心配してくれていて、ありがたい限りだ。

しばらくして休憩時間が終わる頃には少しお腹が落ち着いてきた。そんな私を見届けてソラがマリアに、

「キャンベルさん、今日はもうお菓子は与えないでください。また苦しくなると思うので」

そんな風に私へのお菓子禁止を告げて去っていった。

うう、私のお菓子が〜と少し悲しくなった。

休憩時間も終わったので私とマリアはそれぞれ契約書の解読にとりかかる。

契約書はそれぞれ魔力を発動することで文字が浮かび上がってきて契約者だけが読めるようになる。

以前は闇の魔法とか使えず、闇の使い魔であるポチに出てきてもらっていたけど、ラファエ

ルに闇魔法を教えてもらってからは、みかんサイズの闇、闇のみかんを出せるようになったのでそれを出せばOKなのだ。

まずは闇の髑髏《どくろ》ステッキを出して、それからみかんを出せば文字が浮き出てきた。といっても全然、読めないので文字というよりなんかよくわからん模様といった風だ。

マリアはすでに光の魔法についてのいくつかを読み解いているのだが、私は闇の魔法を使う上での注意とその基本的概要という教科書でいうところの初歩のところから抜け出せていない。

注意書きが長いという理由もあるが、私の解読速度もかなり遅い自覚がある。

なぜなら一文字ずつ辞書で調べないといけないからだ。

それも調べてわかったはずの文字も後ろに続く文字や前についている文字で意味が変わってくることがあるなどと難解で、本当に本当に大変なのだ。

だんだんと読み解いていけばなんとなくニュアンスでわかるようになりますよと優秀な友人たちは言うけど……残念ながらそんなことはまったくない。

そもそも私の勉強とはテスト前にそこだけ一瞬記憶するもので、後はなんとなくの直感でやってきたのでちゃんと理解できていない場所が多い。

それに文字みたいなのを記憶するのは特に大変で外国話や古字が特に駄目だった。つまりこの契約の書の解読というようなことが大の苦手なのだ。

学園でさんざん苦しめられた古字、最後のテストが終わり解放されたと喜んだというのに、またこんな風に古字に向き合うことになるとはあの時は思いもしなかったな。

前にも考えたりしたけど、ゲームのカタリナはどうやってこの『闇の契約の書』を読み解いて使ったんだろう。

誰かいい家庭教師でもいたんだろうか、いや私にも勉強を見てくれる素晴らしい友人も先輩もいるけど。

そもそもこの契約の書は書き写すこともできないようになっているから教えてもらうのは無理な気がするんだけど、何か裏ワザみたいなものがあるのかしら？　あったら教えてほしいところだ。

はっ、なんか色々考えているうちにまた無駄に時間が経過してしまっている。

え～と、この文字は――だから、この上のやっと合わせると、なんだったっけ？　辞書を引いてみなくては――こうして私の『闇の契約の書』の解読は今日も亀の歩みで進んでいく。


やがて終業の時間となり、私は大きく伸びをした。

部屋を片付け、マリアと共にそれぞれ自分の部署へと戻る。

魔法道具研究室の部屋にはいつものことだが、終業時間となっても先輩方が残って忙しそうにしていた。

魔法道具研究室は色々な部署から雑用を頼まれがちで、いつもかなり忙しいのだ。

私はいつも通りお手伝いできることがあれば手伝わせてくださいと言ってみたけど、ここの先輩方は変わった人が多いけど、すごく優しくて『これは自分の分の仕事だから大丈夫。新人は早く帰って疲れをとって』という風に帰されてしまうのだ。

それは同期のソラも同じで私たちはいつものように二人で帰宅することとなった。

ちなみにソラは魔法省の寮に住んでいるのだが、いつも私を馬車の迎えが来ている門まで送ってくれる。

今日も二人並んで門まで歩く。

「午後からは腹は大丈夫だったか?」

ぶっきらぼうな感じでソラがそう聞いてきた。

「うん。しばらくしてよくなったよ。心配かけてごめんね」

「頼むからいい加減に学んで次はなしにしてくれよ」

「はい」

なんというか義弟キースはお母さんという感じだけど、ソラはお兄ちゃんという感じなんだよな。う〜ん。どうしてだろう。そう考えた時、今朝の夢を思い出した。

そうだ。こうしてぶっきらぼうな口調で心配してくれるところとかが、なんだか前世の兄に似ているんだ。だからお兄ちゃんみたいに感じてしまうんだ。

そうか、そうだったんだ。ソラの雰囲気は前世の兄に似てるんだ。

まぁ、兄は私と同じ平凡顔でまったくこんなに美形ではなかったけど、ソラの綺麗な横顔を見つめてそんな風に思っていると、ソラがこちらを向いた。

「なんだ？」

　正面から見てもどこまでも綺麗な色っぽい美形である。

「いや～、ソラは本当に綺麗だなと思って」

　私のその答えにソラはその綺麗な眉を寄せた。

「はぁ、お前、いきなり何を言ってるんだ」

「改めて綺麗な顔をしているなって思ったのよ」

　前世の平凡な兄の顔と比べていたことは省いてそう言う。

「綺麗で優しくて頼りがいもあって、女性の職員さんたちが夢中になるのも当然よね」

　美形で面倒見もいいソラは魔法省の女性職員さんたちにすごく人気なのだ。省内で一緒に歩いているとよくキラキラした目を向けられるのを目にしたり、噂されているのを耳にしたりする。

　ソラ自身もそういうのは慣れっこといった風なので、私のこんな言葉も軽く受け流すだろうと思ったのだけど、

「お前もそう思うか？」

　なぜか真剣な顔でまっすぐに見つめられてそんな風に問われた。

　えっ、どういうこと？　『その通りだ』とか言って流すと思ったのに、もしかしてソラは何かあって自信を失ったりしてるの？　ならば、

「もちろん。私もソラのこと本当に素敵だと思ってるよ」

しっかり目を見て力いっぱいそう宣言すると、まるで流れるように顎を取られ、

「それじゃあ、そんな素敵な俺がこうしても大丈夫ってことか？」

そんな風に問うたソラの顔は私の顔のすぐ目の前にあり、驚きで固まる私にどんどんと近づいてきて――。

「ぶっ」

「はぇ？」

「ぶははははは、お前のその顔、すげぇな」

ソラがお腹を抱えて笑い始めて、私はここで気が付いた。これは、

「揶揄ったわね!?」

私がキッとしてそう言うとソラは半笑いのまま、

「お前、単純すぎ、隙《すき》だらけだし、これじゃあ王子様が心配するのも頷《うなず》けるな」

なんて言った。

「なっ、私だって誰にでも隙だらけなわけじゃないよ」

私はそう言い返したけど、ソラは相手にしてくれず『はいはい』といつものように頭をぐしゃぐしゃと撫《な》でた。この完全に子ども扱いしている感じがなんだか悔しい。

そこまで年は変わらないと思うのだけど、人生経験の差というやつなのかもしれない。しかし、

「冗談が色っぽすぎるのよ」

私はそういう色ごとには本当に慣れていないのだ。思わず口を尖《とが》らせて呟《つぶや》いてしまう。

するとその言葉を拾ったらしいソラが、

「……じゃないけどな」

何かぼそりと言ったけどよく聞き取れなかった。

「えっ、何？」

聞き返すと、

「なんでもねぇ」

とまた頭をぐしゃぐしゃにされた。もうソラはこの人の頭をぐしゃぐしゃにする癖をいい加減直してほしいものだ。

そして気が付けば門のところまで来ていた。

「見送りありがとう。また明日ね」

私はそう言って手を振りソラと別れ、馬車へと乗り込んだ。

ソラはいつものように手を軽く上げて見送ってくれた。その顔は夕焼けに照らされて赤くなっていた。

クラエス家の馬車が自宅へと走り出す。私はいつも通りに目を閉じて家に着くまでひと眠りすることにした。

馬車が家に着くと御者が起こしてくれた。大きく伸びをして馬車を降り自室へ戻ろうとすると使用人が声をかけてきた。

「カタリナ様、お客様がおみえです」

「お客様？　こんな時間に？」

もうすっかり日も落ちた時間にお客が来るなんて、それも私にはほとんどないことだ。一体、誰だろうと思って聞くと、

「ジオルド様です」

という答えが返ってきた。

ゲームⅠの攻略対象であり私の婚約者であるジオルド・スティアートは金髪碧眼《へきがん》のまさに王道の王子様といった人物だ。

しかしゲームの中のように主人公のマリアと結ばれることなく、それどころか私のことが好きなのだというからものすごい驚きだ。

顔よし頭よし性格よしのマリアじゃなくて、なぜにこの悪役面で成績も悪めの私なのか未《いま》だに疑問である。

ちなみにジオルドから受けた告白は、ゲームⅡの破滅を回避するまで保留にさせてもらっている。前世から恋愛経験ゼロでやってきた身としてはいきなり王子様の告白は刺激が強すぎ、破滅回避の傍らで対応できる案件ではないと考えたからだ。

そんな要領もよくない私をジオルドは待ってくれる心の広い人なのだ。

そんなジオルドがアポなしでうちに来るのは珍しいことではない、むしろ頻度でいえばすごく頻繁にやってきている。

ただこんな時間にやってくることはほぼない。来るのは私の魔法省のお休みの日ばかりである。

あっ、でも少し前に厄介な貴族に目をつけられて毎日、監視されているような状態になった時は遅い時間にやってきた時があった。

もしかして、また何か厄介なことがあったのだろうか。そう思うと心配になり速足になった。

「失礼します」

ジオルドが待機しているという客間にそう声をかけ中に入ると、椅子《いす》に座っていたジオルドがすっと優雅に立ち上がり、

「おかえりなさい。カタリナ」

とにこやかな笑みを見せたのでつられるように、

「えっ、はい。ただいま帰りました」

そう答えると、ジオルドは、

「ふふふ。こういうやり取りはなんだか家族になったようでいいですね」

そう言って満足そうな顔をした。

『家族になったようでいい？』とはジオルドは私と姉弟になりたいということかしら？

兄しかいないから姉が欲しいとか？　私も前世は兄しかいなくて姉が欲しかったからそうい

うことかな？　頭にはてなを浮かべていると、

「あいかわらず、まったくわかっていないところが流石ですね」

ジオルドがクスクスと笑って言った。

「夫婦になったようだということですよ」

「ふ、夫婦!?」

まさかそっちの意味だったとは……ん、でもジオルドとは婚約者なのでこのままいけば夫婦になるわけで、いや、ジオルドはマリアと結ばれ……てなくて私のことが好きなんだった！　ならばもし私が告白を受けると、夫婦に……なんだか混乱してあわあわしてしまう。なんだか顔に熱もあがってきた。これは顔が赤くなってしまっているかもしれない。

そんな私を見てジオルドはまたクスクスと笑った。

その様子がなんだか先ほどのソラとかぶってみえた。

ん、これはもしかしてソラと同じで揶揄われたのかしら？

「か、揶揄ってます？」

少し上にある綺麗な顔をきっと見上げると、ジオルドは目をぱちくりとして、そして手で顔を覆って伏せてしまった。そして、

「……いえ、揶揄ったわけではないのですが……あんまり可愛い顔をしないでください」

絞り出すような声でそう言った。

えっ、揶揄ったわけではない？　というか可愛い顔って何？　やはり揶揄われているのかし

ら？　疑った目でジオルドを見るも相手は顔を伏せたままで表情がわからない。

耳が少し赤い気がするけど気のせいかしら？　わからない。ぐるぐる考えているうちにジオルドが顔を上げた。そして、

「今日はカタリナに伝えておいた方がいいことがあってうかがったのです」

まるで前にあった出来事などなかったようにスラスラと話し出した。

なんだか前の出来事について触れられる雰囲気ではなくなったので私はそのまま話を聞くことにした。

「なんでしょうか？」

わざわざこんな時間に訪ねてきて話すことというからにはきっと何か重大なことなのだろう。

私はごくりと唾を飲んだ。

「そろそろ公にしてもいいだろうということになったのですが、実は数週間後にエテェネルの王子が留学してくることになったのですよ」

もしかしてまたやっかいな貴族に目をつけられたとか、新たにジオルドの婚約者候補を名乗る人が現れたとか、そういうことが話されると思っていた私は、予想外な話にきょとんとなった。

「エテェネルの王子が留学ですか？　え～と、それ何か問題があるんですか？」

ソルシエはこの近隣諸国では最も豊かで発展している国だ。

そのため、他国の貴族が留学してきて学んでいくということはよくある。

王族となるとそうあることではないが、まったくないということでもないらしい。

それがこんな時間に神妙な顔で報告に来るなんてエテェネルの王子とやらはそんなに問題がある人なのだろうか？

「いえ、問題というか……カタリナ、もしかしてエテェネルの王子のこと忘れていませんか？」

ジオルドが怪訝《けげん》そうな顔をしてそう聞いてきた。

エテェネルの王子のこと忘れてるって、私、エテェネルの王子様なんて……。

「あっ！　エテェネルの王子ってセザール様だ！」

突然のジオルドの訪問ややり取りの中ですこーんと抜けてしまっていた。

そうだ。エテェネルの王子はセザールだった！

「どうやら、思い出したようですね。……まぁ、一生忘れたままでもよかったのですけど」

ジオルドがそう言った。ぼそっと呟いた後ろの方の言葉は聞き取れなかったけど、顔が少し黒くなったようなのできっといいことじゃなさそうなので追及はしないでおく。

「そうですか、セザール様が留学してこられるのですか」

エテェネルの王子セザール・ダルとは少し前にあった近隣諸国の会合で出会って互いの身分を知らないまま仲良くなった。

その後に港町であった誘拐事件でもお世話になりそれなりに接点のある人だ。

そんなセザールだが、後にゲームⅡの隠し攻略対象であることがわかった。ちなみに事件後、港でさよならしてからその事実がわかったので、攻略対象と認識しての対面はまだないのだけど。

しかしそんなセザールだけど、彼はエテェネルの王子であり、ソルシエには交流会でもなければ訪れることはなく主人公との接点がほとんどない状態だ。

そんな中でどうやって仲が深まっていくのだろうと思っていたら、留学とは、これはきっとゲームのイベント的なものに違いない。

セザールと主人公のイベントで二人の仲が深まる、そうすると……破滅フラグが立つ可能性があるかもしれない。

なぜならゲームⅡでセザールと主人公の仲を邪魔して罪を犯し、投獄されるか返り討ちにあい死んでしまうのが、ゲームⅡでも再び登場の悪役令嬢カタリナ・クラエスの立ち位置だったからだ。

ただでさえ、すでにサイラス、デューイ、ソラというカタリナが邪魔をして破滅するかもしれない攻略対象たちがいて用心しているというのに、ここにきて、セザールまでやってくるとは……セザール自身はいい人だけど、ゲームのことを考えると憂鬱《ゆううつ》になる。

でも突然、来られるよりこうして早めにわかった方が心づもりもできる。そう思えばジオルドがこんな時間に教えにきてくれたのもよかった。

ん、あれ？　ゲームのことを知っている私にとって攻略対象であるセザールが留学してくるのは大問題だけど、ゲームのことを知らないジオルドにとってセザールの留学は別に大したことではないと思うんだけど、なんでそれをわざわざこんな時間に私に教えにきてくれたんだろう？

「あの、ジオルド様、セザール様のことは思い出しましたけど、そのセザール様が留学してくることに何か問題があるのですか？」

ちゃんとした王子様仕様のセザールに会ったのは一度きりだけど、どこに出しても問題ないようなちゃんとした人物に見えた。それにすごい美形だということもあり交流会で令嬢たちの人気を集めていて悪い噂は聞かなかった。

「問題といいますか……」

ジオルドが何かを考え込むように口ごもった。珍しいな。私はだまってジオルドの次の言葉を待った。

「エテェネルの王子の留学はソルシエの技術などを学ぶという他にもう一つ目的がありまして、それが王子の婚約者候補探しというものなのです」

「婚約者候補探しですか？」

まったく考えていなかった話にオウム返しで聞き返してしまった。

そんな私の問いにジオルドがこくりと頷いて続けた。

「そうなのです。エテェネルはぜひソルシエと強固に縁を結びたいということで、王子の結婚相手をソルシエから迎えたいと考えているようです」

「そうなんですか」

豊かで発展しているソルシエと縁を結びたいという他国の者は多い。貴族はもちろん平民もそうだと聞く。

しかし、自国が豊かであるがゆえにソルシエの人たちはあまり他国への移住をしたがらないので、他国の人に結婚を望まれると相手方に移住してきてもらうほうが多いらしい。

「それはソルシエの女性がエテェネルに嫁ぐということですよね？」

エテェネルはまだあまり治安がよくないと聞いたので、いくらエテェネルの方がそう望んだとしても、もし無理に嫁がされるような人が出たら可哀《かわい》そうだ。

私のそんな考えを読んだらしいジオルドは、

「ええ。ですが、それも誘いを受けた女性が承諾すればという条件です。決して無理強いはしない、そのようなことをした時点で婚姻の話はなしとすると重々に伝え、エテェネルもそれで了承しています」

そう教えてくれた。

「そうですか、なら大丈夫そうですね」

嫌なことを無理強いされることがないなら安心だ。

「今までにも近隣諸国から何度かそのような話はあったのですが――」

そう言ってジオルドが話しだしたのは他国から求められる婚姻話の断り方だ。

エトランからのものは前王妃が嫁いできたのでもう十分だと、ルーサブルは治安が悪いため女性が嫌がるのでというのをオブラートに包んでお断りしてきたらしい。

そしてエテェネルもこれまではルーサブルと同じような状況だったので同じように断っていたが、エテェネルの現国王が即位してから治安が目に見えて良くなってきているということ、またその国王が信頼できる人物であるということから今回はそのような回答にしたらしい。

ちなみにもう一つの隣国シャルマ（前世の日本的な文化の国）はソルシエほどではないが独自に発展しているので、そういった話は持ってこないそうだ。

そのような事情でセザールが留学がてら婚約者候補を探しにくるという事態になったということだ。

「それで、何が問題なのですか？」

エテェネルの国王はどうやらちゃんとした人のようで、こちらから女性が望めば可能、無理強いはしないということを了承しているなら、問題はないと思うのだけど。

「……そうですね。問題は特にないのですが……」

ジオルドがまた口ごもった。

なんだか今日のジオルドはいつもと少し様子が違う。

「……あの、カタリナはエテェネルの王子とはどのような関係なのですか？」

しばらく口ごもってジオルドが口にしたそんな問いに私はきょとんとしてしまった。

「えっ、どんな関係って……」

近隣諸国の会合で身分を知らないまま少し仲良くなった人で、そのあと誘拐事件で助けられた人だ。

そして率直に言えば乙女ゲームの攻略対象とその邪魔をする悪役令嬢の関係だけど、それは私だけが知る事実だから口にはできない。

「え～と、そのちょっとした知り合いですかね？」

とりあえずそんな風に答える。

「えっ、ちょっとした知り合いですか？　親しい友人とかではないのですか？」

ジオルドがなぜか驚いたようにそう聞き返してきたので、こちらも驚いてしまう。

「えっ、いえ友人とまでは……」

セザールを使用人と思っていた時なら友達と言えたかもしれないけど、相手が他国の王子様と知ってしまえば気軽に友達と言っていいのかわからなくなる。

そんなことも考えてのちょっとした知り合いという表現だったのだが、ジオルドはなぜかほっとした様子で息を吐いた。

「あの、ジオルド様？」

ジオルドの一連の様子の意味がわからず、心配になりその顔を覗き込むようにすると、

「いえ、エテェネルの王子とカタリナの交流会での様子を見て親しい友人なのかと思い込んでしまっていたんです。だからエテェネルの王子が今回、ソルシエへ婚約者候補を探しに来ると聞いて慌ててしまったんです」

どこか気まずそうな顔をしてそんな風に言った。

「？」

私とセザールが親しい友人だとして、セザールが婚約者候補探しに来るのがなんでジオルドが慌てることになるのかしら？　わからず頭にはてなを浮かべる私に、ジオルドは困ったように眉を少し下げた。

「エテェネルの王子がソルシエの女性を選び声をかけ、その女性がそれを良しとすればエテェネルへ嫁ぐことを許すとこちらは伝えました。無理強いしてはいけないだけで女性が許可すればよいということです」

「はい」

あっ、そっかそういうことで、乙女ゲームⅡで主人公と恋に落ちて祖国に連れて帰るみたいになるんだ！

そんな風に瞬時にゲームの展開を予測できて『賢いな』と自分で自分に感心している私をよそにジオルドは話を続ける。

「国の代表としてきている方なのであえて婚約者のいる女性に声をかけるということはしないと思いますけど……しかしカタリナがエテェネルの王子と親しいならあるいは、声をかけられる可能性もゼロではないかもしれないと思いまして」

「!?」

ここでようやく私はジオルドがセザールの留学で慌てた理由に気が付くことができた。

セザールが私と仲良しで、もしかして私がセザールの婚約者候補になるのではないかと思ったということか！

「まさか、確かに面識はありますけど、そんな婚約者候補に選ばれるような関係性ではありませんよ！」

私は顔の前で手をぶんぶんと横に振りつつそう力説した。

むしろゲームでの関係性としては敵対する立ち位置なので、あんまり接したくない気もするし、そもそもの前提としてあちらの方が私をそんな風に思えないと思う。

立っているだけで美女が寄ってきそうな美形で、女性経験も豊富そうなセザール。そんな彼が城の庭に寝っ転がっていた女を恋愛対象に見るとは思えない。

「私にセザール様を惹《ひ》き付ける魅力があるとは思えません。絶対に婚約者候補に声がかかるなんてありえませんよ！」

私はやや鼻息荒く自信満々にそう言い切った。

そんな私を見てジオルドはなんだかむっとしたような顔をして言ってきた。

「カタリナはこういったことにいつも自己評価が低いですが、あなたはとても人を惹き付ける魅力を持っているんですよ、もう少し自覚してください」

そんな言葉にびっくりして、先ほどより早く手と首をぶんぶんと横に振った。

「な、何を言ってるんですか、そんなことないですから、過大評価しすぎですよ！」

「そんなことありませんよ。実際、あなたに惹き付けられている者が今、あなたの目の前にいるではありませんか」

ジオルドがこちらに顔をぐいっと寄せてそんなことを言ってきた。

「目の前にって……」

そこまで呟いて意味がわかった。

そうだこの物凄《ものすご》く美しい王子様は私のことを好きだと思ってくれているのだ。

そのことを思い出すと同時に顔に一気に熱があがってきた。これはきっと顔が赤くなってしまっているだろう。

そんな私をじっと見つめながらジオルドは続ける。

「僕はカタリナという人に物凄く惹き付けられてしまっています。エテェネルの王子だってつ僕のようになってしまうのではないかと気が気ではありませんよ」

熱い視線と言葉を受けてさらに顔に熱が集まっていく。思考がまとまらない。

「そ、そんなことないです……ジ、ジオルド様がマニアックすぎるだけですよ！」

思わずそんな風に叫んでいた。

「マニアック？」

ジオルドが不思議そうに首をかしげた。

あっ、マニアックはこの世界にはない言葉だったかも。

「あ、その、変わった趣味ということですよ」

私はそう言いなおした。

「変わった趣味ですか？　そんなことはないと思うのですが」

「か、変わってますよ。普通ならもっと可愛くてちゃんとした子がいいと思います」

それこそ乙女ゲームの主人公マリアのような子を好きになるはずだ。

「その普通というのがわかりませんけど、カタリナは可愛いですよ」

真顔でそう返されて返答に困り、口をはくはくとさせてしまう。

そんな私を見てジオルドがにんまりとした。

そしてどんどんと距離を詰めてきて、気が付けばすぐ目の前に綺麗な顔があった。

「ようやくこんな風に意識してもらえるようになって嬉しい限りです」

そう言うとジオルドは目を閉じた。まつ毛が長いなと見惚《みほ》れているうちに綺麗な顔がどんどんと近づいてきて――。

バターンと大きな音がして扉が開かれた。そして、

「義姉《ねえ》さん、危ない！」

という叫びとともにぐっと後ろに引っ張られた。

「こんなところで、何してるんですか⁉」

私を腕の中に抱えながらキースがジオルドに向かってそう叫んだ。

最初の一瞬こそ驚いた顔をしたジオルドは、すぐに状況を理解したようで黒い笑顔を作った。

「何って婚約者との交流を深めていただけですよ。それよりキース、あなた今日は夜会に招待されていませんでしたか？　それにしては帰りが早すぎませんか？」

「仕事がなかなか終わらなかったので夜会は断らせてもらったんです……ってなんで僕の予定を知ってるんですか⁉　はっ、まさかそれを知っていてあえてこんな時間にやってきたんです

か？　なんてあくどい」

「何を言ってるんですか、あくどいのはあなたの方でしょうキース。婚約者同士の交流をこんな風に邪魔するなんて配慮が足りなすぎますよ」

「婚約者同士の交流なんて言ってどうせ、義姉さんがぼーっとしているところにジオルド様が迫って良からぬことをしようとしていただけでしょう！」

「良からぬこととは失礼ですね。婚約者として必要な触れ合いをしようとしていただけですよ」

私を間に挟んだままこのようなやり取りがはじまってしまい。私は居場所はともかく、完全に蚊帳の外となってしまった。

いつもの二人のやり取りをぼんやり見ていると落ち着いてきて顔の熱もしだいに引いていく。

なんというか、前世からも合わせて恋愛経験皆無だったのにここにきて美しすぎる王子様に本気で愛をささやかれるとか心臓がもたない。

やがてなんやかんやと二人が言いあううちにジオルドが帰宅しなければならない時間となった。

二人がこんなふうに言いあいを始めると長くて、よくこんな風になることが多い。実は二人はすごく息が合っていて仲良しなのではないかと思う。

ジオルドは帰り際、私に微笑《ほほえ》みそして小声で、

「念のためにエテェネルの王子が留学中はあまり城近辺には出入りしないでくださいね」

と言い残していった。

「それで義姉さん、本当に何もされていないの？」

ジオルドを見送った後、キースが険しい顔でそう聞いてきた。

「な、何もされてないわよ。……強《し》いていうなら突然、顔が近づいてきて、その、口が触れそうになったけど、その前にキースがやってきたから……」

少ししどろもどろになりつつもそう答えると、キースは大きなため息をついた。

「やっぱり危なかったじゃないか、義姉さんは危機感がなさすぎるよ。だいたい年頃の男女が二人で密室にいるなんて――」

キースはすっかりお説教モードに入ってしまった。なんというかキースは見た目だけは色っぽい美青年だけど、中身は完全に世話焼きのお母さんって感じだよな。

ゲームでは女の子をとっかえひっかえのチャラ男だったのに、何がここまで彼を変えてしまったのだろう。キースのお説教を聞き流しながら、ぼーっとそんなことを考えていると、

「義姉さん、ちゃんと聞いてる？」

「は、はい」

お母さんじゃなくてキースからダメ出しが入り慌てて返事をする。キースレベルになると私が聞いていないのもこうして見抜いてきたりするんだよな。

しばらくしてようやくお説教が終わり、ほっとした私にキースが、

「そういえば、ジオルド様がこんな時間にくるなんて珍しいよね。何かあったの？」

と質問してきた。

「あのね。ジオルド様はエテェネルの王子様が留学してくることを教えにきてくれたのよ」

私はそう言って、ジオルドから聞いた話をキースにも伝えた。

話を聞き終えたキースは少し考え込むような様子を見せ、

「留学の件はいいとして、婚約者はこちらで探すというのは気になるね」

そう言った。

「あれ、キースも気になるの？　なんで？」

「なんでって、エテェネルの王子って交流会で義姉さんが親しくしていた人だよね。ないとは思うけど、義姉さんを婚約者にとか声をかけられたら大変だから」

キースの答えは先ほどのジオルドと同じものだった。

「そんな声をかけられる関係ではないわよ。キースはジオルド様と同じこと言うのね」

「ジオルド様と同じこと……」

キースは嫌そうに眉間《みけん》に皺《しわ》を寄せ、しばし固まってから息を吐いた。そして、

「義姉さんは無意識で人を誑《たら》し込《こ》むから、義姉さんがそうでないと言っても相手の方はわからないだろう。何か、言われたことはないの？」

ジオルドと同じことを言ったというくだりは、もうなかったことにしたらしいキースが、そ

う聞いてきた。

「何を言ってるのよ。無意識に誑し込むって、そういうのは主人公の役割でしょう。私ではないわよ」

「いや、主人公って何？」

あっ、しまったつい乙女ゲームの主人公を持ち出してしまった。でもこの世界には乙女ゲームはないので、

「も、物語の主人公のことよ。可愛く可憐《かれん》で愛らしくって感じの子。そういう子が王子様と恋に落ちるのよ」

そうごまかしつつ、それが常識よという感じで胸をはって答えたが、キースはなんだか呆れたような顔になりつつ、

「義姉さんの理論はいつもよくわからないよ」

と言い、続いて照れ臭そうに、

「でも、僕やジオルド様は義姉さんにすっかり誑し込まれてしまっているんだよ」

そんな風に言われたもので、私も照れてしまう。

そうだった。ジオルドだけでなく、このキースにも恋愛的な意味で好きだと告げられていたのだった。こちらもジオルドと同じ理由で保留にしてもらっているところだ。

「その、それについてはジオルド様にもいったけど、たまたま二人の趣味が変わっていただけよ。ふ、普通はもっと可愛い子がいいはずよ！」

私がそう言うとキースは、

「義姉さんはものすごく可愛いよ」

さらりとまたジオルドと同じことを言ってくれた。ただジオルドほどスマートとはいかず、その顔は真っ赤だ。

かくいう私もものすごく顔が熱いのでおそらく私も赤い顔をしているはずだ。

な、なんなんだ。今日はもうどぎまぎしすぎて、私の恋愛体力は限界である。

たぶんここでキースに先ほどのジオルドと同じように迫られたら脳内メーターがパンクして倒れていたと思うけど、幸い、キースはそれから迫ってくることはなく。

二人して真っ赤な顔をして各自部屋に戻ることにした。

別れ際にまだ真っ赤な顔のままのキースが、

「とにかくエテェネルの王子にはあまり近づかないようにね。何か言われたら教えてね」

そう声をかけ去っていった。

なんというかジオルドもキースも心配しすぎた。

二人がたまたまマニアックな趣味をしていたからといって他の人もそうとは限らないのに、むしろ二人の方が少数派だと思う。

何げに言うことも同じだったし、二人は気も合うので女性の趣味も一緒ということなのかもしれない。

そんなことをぼんやり考えながら、私は今度こそ自室へと戻った。

自室に戻ると着替えも早々に、ベッドにごろりと寝そべり天井を見上げた。

先ほどのジオルドとキースの言葉が脳内で反芻《はんすう》され、また顔に熱があがっていく。

まずいまずい今はこんな風に心を乱している場合じゃないわ。

生き残るためにまずは目の前の破滅フラグのことよ！

数週間後にセザールがソルシエへやってくる。そしてきっとそこで乙女ゲームのイベントが始まる。

あっちゃんがゲームをしている夢の中で、セザールを攻略中の主人公の前にカタリナが現れて邪魔をしようとする場面があった。

例の誰が書いたかわかっていないゲームについて書かれたメモによれば、セザールの攻略成功でカタリナは投獄、失敗でセザールと相打ちの末に死亡ということだった。

前回の乙女ゲーム以上に厳しくなった破滅フラグ、果たして回避できるのだろうか。

「はぁ〜〜〜〜」

と思わず大きなため息をついてしまう。

私の平穏な未来はまだ遠い。

第二章　エテェネルの王子様

そこは見た目だけは華やかな場所だった。

立派な建物に美しい装飾、贅沢《ぜいたく》に着飾った女たち。

後宮という王の妃《きさき》たちが住まうその場所で俺《おれ》は生まれ育った。

当時のエテェネルの国王は好色で気に入った女をどんどんと後宮に引き入れていた。

それでいて飽きっぽい性格でもあった国王は連れてきた女にもすぐに飽きていたので、女たちの中には短い贅沢の時を過ごしすぐ出ていけると喜ぶ者も多かったという。

そんな女たちの中で、不幸だったのは運悪く国王の子を身ごもってしまった者たちだ。

国王の子がその身にいればさすがに外へは出られない。自分の意思で来たわけでなく、なんなら攫われるように連れてこられた場所に閉じ込められ、心を病む女もいたという。

俺の母親もそういった女の一人だったが、彼女は心の強い人だった。

偶然、エテェネルを通りかかった旅芸人の一座から連れ去られるように後宮へ連れて来られ、強引に国王のものにされ、おまけに子を身ごもり出ていくこともできなくなった。

普通ならば泣き暮らすか、あるいは自ら命を絶ってしまうのではないかというほどのひどい状況においても母は顔をしっかり上げ前を向いていた。

『あなたがもう少し大きくなったらここを出て世界を回って暮らしましょう』

そう言う母の目にはしっかりと光が宿っていて、その言葉も決してやけで言っているものではないとわかった。

『遠い遠い異国からやってきて旅の一座に入ったのだ』と話してくれた母はどんな困難の中でも前を向ける強い人だったのだ。しかし、いくら心が強くともどうしようもないものもあった。それはこの国の気候だ。

雪のように白い肌を持っていた母が生まれたのは寒いところだったという。

そのせいなのだろう、母は暑さにめっぽう弱かった。秋や冬はそれほどでもないが、夏になるとその暑さに耐えきれず体調を崩すことが多かった。

それでも俺の面倒をみるため、いつか二人で外へ出るためにと気合を入れ頑張ってくれていた。だが、俺が六つになる年の暑い夏のことだった。

暑さに身体《からだ》が耐え切れなかったのか、母はひどく体調を崩し寝込むと、そのまま帰らぬ人となってしまった。

俺は悲しくて悲しくてどうにかなってしまいそうだったが、悲しみにくれている暇はなかった。

あふれるほどいる後宮の女と子どもたちの中で、後見を全く持たない俺など見向きもされなかった。母を失い誰《だれ》からも顧みられなくなった俺は煌《きら》びやかな後宮の中で一人野垂れ死にかかっていた。

そんな状態で、そこへ行ったのは偶然だったのか、それとも高級で一番華やかで美しいとされる場所を汚してやりたいという気持ちがそうさせたのか今の自分ではわからない。

頭はひどくぼんやりしていて、何もかもが現実ではないようだったのだ。

そこは母には近づいてはならないと言われていた俺たちとは違う高貴な方々が住まうという場所だった。

そのやたら派手で煌びやかな場で俺はばたりと倒れた。

しばらくして聞こえてきたのは『汚いわね』『なんなのこんなところに』『嫌だわ。汚らわしい』『はやく処分して』そんな女たちの声だ。

ああ、俺はここでゴミのように処分されるのか。そう思った時だった。

『大丈夫か？』

その声は他《ほか》の声とは違っていた。力を振り絞って目を少しだけ開けると目の前に誰かが立っているのがぼんやりと見えた。

『おい、まだ意識はあるようだ。すぐに医者に見せるぞ』

目の前の誰かがそう言うと、

『そんな殿下、このようなもの』

『そうです。殿下がかまうようなものではありません』

そのような声が聞こえたが、その人は、

『うるさい。急ぐぞ』

そんな風に一蹴して、

『もう少し頑張れ』

そう言うと俺に手を伸ばしてきた。

ふわりとした浮遊感に抱きかかえられたのだとわかった。身体が何とも言えない温かい安心感に包まれ、俺はそこで意識を手放した。


目覚めた俺が最初に目にしたのは今まで見たことがないような美しい装飾が施された天井だった。

倒れた時あれほどぼんやりしていた頭はだいぶすっきりしていた。

ゆっくり身体を起こし周りを見回すと、天井と同じく部屋も装飾あふれる高級なものであることがわかった。横たわっている寝台も部屋に似つかわしい高級なものだった。

一体、ここはどこなのだろう？　俺はどうなったんだ？　もしかしてあの場で死んでしまってここは死後の世界なのだろうか？

そんなことを考えてぼーっとしていると、部屋の扉がガチャリと音をたてて開き、そこから青年が入ってきた。

「おお、目が覚めたんだな。よかった。大丈夫か？」

そう言いながら、傍《そば》に寄ってきてくれた彼は肌艶のよい精悍《せいかん》な顔をしていた。服も仕立てのよい高そうなものを着ている。きっと身分の高い人物なのだろう。

「少しだけよくなりました」

自分が知っている限りの丁寧な言葉でそう返すと、

「そうか、よかった」

青年はそう言ってふんわりと微笑《ほほえ》んだ。

その後、俺はその部屋で身体が回復するまで丁寧に面倒をみてもらい、身体が回復した後もそこで学問や剣術などを習うこととなった。

はじめは流されるままに世話されていたが、身体がよくなってきてから改めてよく聞けば、あの日、俺を助け、こうして保護してくれている青年は俺の異母兄であり次期国王候補として名高い人物だということを知った。

国王候補と聞いた時は、身分の違いに驚いてすっかり気安く聞いていた口調を改めたのだが、すると異母兄にしゅんとした顔をされてしまった。

異母兄曰《いわ》く『同腹の兄弟もおらず、他の兄弟と交流もない俺は、こうして弟のお前を構うのだけが楽しみなのに、そんな他人行儀にされてはせつない』と。

そんな異母兄のしょんぼりした様子に勝てずまた変わらず気安く接する日々に戻る。

しばしの時を経《へ》て、気が付けば異母兄は俺にとってとても大事な存在になった。

いや、本当はあの抱きかかえられた日から彼はすっかり俺の特別になっていたのだ。

異母兄は俺をこれでもかというほど甘やかし、俺の乾いていた心もすっかり潤っていった。

いつしか俺はこの異母兄の傍で彼を支えたいと思うようになっていた。

しかし、王族として恥ずかしくない教養を学び少しだけ異母兄の管理する宮の外へ出ることができるようになると、様々なことがわかってきた。

異母兄の母である女性を筆頭に、たくさんの人物が俺という存在が異母兄の傍にいることを快く思っていないこと、引きはがしてしまいたいと考える者が多いこと。

旅一座にいた出身地もよくわからない女の子どもが、由緒ある血を持つ異母兄の傍にいることは彼の評判を下げてしまうというのがその理由だった。

そのことに気付いた俺は異母兄から離れなければと思ったが、自分で行動するには力が足りないことはわかっていた。

仕方なくここに来てからずっと世話をしてくれている異母兄の乳母とその子である親友に相談したのだが、そのことはすぐに異母兄に伝わった。

そして今まで以上に構われて甘やかされ、傍にいると約束することになってしまった。

乳母が『あの方はあなたのことを本当に大切に思われているのよ』と言った。

そんなの俺もわかっていた。あれだけの愛情を注がれてわからないはずがない。

そうして異母兄にたくさん愛してもらっているから、俺も異母兄を愛しているからこそ自分という存在が異母兄の負担になることがとてもつらかった。異母兄に何も返せないことがせつなかった。

だから十五歳で成人を迎え、後宮を出ることを決めたのだ。

表向きは『この居場所のない後宮から出たい』という我がままな理由で、本当は異母兄にこれ以上迷惑をかけたくないと思ったからだ。

俺にものすごく甘い異母兄はそんな我がままもすんなり受け入れて後押ししてくれた。そして俺はただのセザールになった。

元々、旅一座の女が産んだということでちゃんと認められてもいない子だったのであっさりと自由の身になれた。

予定外だったのは異母兄の乳母の子である親友ジャンまでも一緒についてきたことだが、異母兄に一人では心配だからとせつなそうな顔で言われれば頷《うなず》くしかできなかった。

セザールになった俺は『手っ取り早く稼げると聞いた』と言い傭兵《ようへい》になった。

そこでエテェネル王族、異母兄派閥へ向く反乱分子を狩りまくった。それが今後の異母兄のためになるはずだと信じて。

初めてその手を血で濡《ぬ》らした日は今でも忘れられない。

冷静な風を装いつつ、吐き気はおさえきれなかった。それでも俺は自分に暗示をかけまた次の日も戦場へと出た。

『これは俺が自由に生きるためにしていることだ。俺はこうして生きるのが好きなのだ。異母兄のあの温かい手を恋しいなどと思わない。傭兵セザールは人の命を狩ることなどなんとも思わない。それが生きるためなのだと割り切れる男なんだ』

そう自分に言い聞かせ、戦場に立ち続け、気付けば十年の月日が経《た》っていた。

ようやく自分に言い聞かせなくてもその言葉こそ自分だと思えるようになり、血で汚れる手も気にならなくなっていた。

俺はこのまま傭兵セザールとしてこの命尽きるまで自由気ままに生きていくのだろう。そう考え始めた時だった、異母兄がついに国王に即位したと聞いた。

ああ、ついに異母兄が王位を継いだのだ。

正義感が強かった異母兄は腐敗した国の現状を嘆いていた。

この国を変えたいと常々、言っていた。

そのためには異母兄が王になる必要があることを彼の周りにいる者は皆、わかっていた。俺はそれを手伝いたかった。

しかし、俺という存在はあの後宮の中では異母兄の枷《かせ》にしかならなかった。

だからこうして後宮の外へ出て、エテェネルの内外にいる異母兄に対する反乱分子を狩りまくった。俺のこの行動は少しは異母兄の役に立ったのだろうか？

ただ異母兄が国王になった姿を一目、見てみたい。それだけだったのに……味方もほとんどいないなか懸命に国を立て直そうとする異母兄の姿。そして、

『セザール、お前の力を貸して欲しい』

そんな風に言われて、また元の自由な生活に戻ることなどできなかった。

そして俺はエテェネルの王子セザール・ダルに戻った。

「セザール様、そのようなところにいると海に落ちてしまうかもしれませんよ。お部屋に戻られてください」

自身の思考に沈んでいたが、長年の傭兵稼業の成果で後ろからこの幼馴染《おさななじみ》兼従者であるジャンが近づいてきていたことはわかっていた。

彼の言葉に、

「大丈夫だ。問題ない」

と返したが、ジャンは俺のすぐ脇《わき》まで来ると、

「んなの建前だよ。てめえがずっとこんなとこに立ってると新米たちが仕事しにくいんだよ。さっさと部屋に入っておけ」

と小声でいつもの口調で告げてきた。

はっとして周りを見れば確かに新人の水夫たちが居心地悪そうな顔をしていることに気が付いた。

「わりぃ、配慮が足りなかった」

俺は同じく小声でそう返し、ジャンと一緒にそそくさと自室へと戻った。

いまだに自分がセザール・ダルという王族であることを失念してしまうことが多く、傭兵時代と変わらずに振舞ってしまいこうしてジャンに窘《たしな》められることが多い。いい加減、直していかなければならない。

今、俺は自国エテェネルの船に乗り海の上にいる。

海を挟んだ王国ソルシエへと向かっている途中なのだ。

以前、交流会の時に乗ったソルシエの船とは比べ物にならないくらい小さく拙く、おまけに乗組員に新人が多い船の乗り心地はいまいちだ。

船作りはまだソルシエなどから学んでいる最中。新人が多いのは、早く育てるためという名目だが、実際は国のゴタゴタした内乱で熟練の船乗りたちが多く去ってしまったためという方が大きい。

エテェネルという国はまだまだ立て直しの途中なのだ。そんな中なのに、

「俺だけ優雅にソルシエに留学とかして大丈夫なのか？」

ここのところモヤモヤしている思いがまた口を出た。

ジャンはそれを聞きつけまたかという顔をする。

「あのな～、陛下がそうしろって言ってるんだからいいんだよ」

「そうは言うが、エテェネルの改革はまだまだ途中で、やらなければいけないことは山ほどあるじゃねぇか」

「それはそうかもしれねぇが、そう言ってほっとけば、お前はずーと働き詰めじゃねぇか、だから陛下は少しでいいから休んでこいって言ってるんだろう」

「働き詰めは陛下も同じだろう。なのに俺だけ休むわけには――」

「陛下には姐《あね》さんたちが傍について補助できるようになっただろうが、これからは無理させずしっかり休みを取らすって姐さんが言ってただろう」

「……そうだが」

ジャンが『姐さん』と呼ぶのはエティェネルの王妃である。少し不敬である気もするがそこは王妃も幼馴染の一人なので、他に人がいない時なら不問にしている。

その王妃だが、王宮内でほぼ孤立無縁状態だった異母兄の絶対の味方であり、共に国を変えようと志す人物である。

異母兄の即位後は馬鹿《ばか》でかくなった後宮の後処理やらなんやらで、異母兄の改革に協力できなかったが、ここにきて後宮の解体を終え、手下である兄弟たちと共に異母兄の傍に戻ってきた。よって異母兄の仕事はぐっと楽になったのだ。

だがそれでも仕事はたくさんある。そんな中、俺だけが『ソルシエに留学しゆっくりしてこい』とか言われても素直に頷けない。

「お前は昔から色々と考えすぎなんだよ。十五で外へ出て以来、まともに休んでないだろ。ちゃんと休み取るのも仕事のうちだぜ」

ジャンが肩をすくめてそんな風に言う。

「いや、それならずっと一緒にいるお前だって休んでないだろう」

ジャンの飄々《ひょうひょう》とした様子にやや眉《まゆ》を顰《ひそ》めてそう言えば、

「俺はお前と違って、タイミング見てしっかり休んでるからまったく問題ないんだよ。一緒にするな」

と返されてしまう。

確かにジャンは昔から要領がよくて、仕事をこなすのも素早いがその後、わりとしっかり休憩もとっている。そのことを思い出し、言われた通りではあったので、返す言葉が出ない俺に、ジャンがにやりとして続けた。

「それにソルシエに行けば、お気に入りの子に会えるかもしれないんだから、そういうのも楽しめばいいんだよ」

俺は思わずジャンをぎろりと睨《にら》んでしまう。

「あいつはソルシエ王国、王子の婚約者だぞ。そう気安く接することなんてできない」

そう言った俺にジャンは、

「えっ、俺はお気に入りの子って言っただけで、誰とは言っていないんだけど、お前は誰のことを言ってるんだ」

といたずらが成功したようななんとも言えないニヤニヤ顔で返してきた。

その顔を見てすぐにこれはわざとだなと察した。

ジャンは俺がソルシエで珍しく女性に興味を持ったこともその人物が誰かも知っている。

もしかしたら異母兄にもそのことを報告したのかもしれない。いやきっとしたのだろう。だからこそこんな時期にソルシエに留学しろとか言われたのかもしれない。

しかし、相手は王子の婚約者だ。何かあれば国際問題に発展する可能性もあるかもしれない。それを軽々しくソルシエへ留学して仲良くしろとは——いや、むしろ念入りに調べたからこそかもしれない。

第三王子と彼女の婚約は他の王子との間に余計な歪《ひずみ》をうまないためのもので、あくまで契約的なものでしかなく、王子には別に思う者がいるという話がわりと巷《ちまた》で流れている。

それにソルシエでは昨今、恋愛結婚も主流になってきており、幼い時に親が決めた婚約を解消し、恋愛結婚する者も増えてきている。

また彼女が魔法省に所属しているのは王子との婚約の解消のためだという話もある。

そういう話をしっかり調べたからこその『仲良くしてこい』という気楽な送り出しだったのかもしれないが、俺は交流会で見てしまっている。

彼女の方はともかく彼女の婚約者である第三王子、ジオルド・スティアートの彼女に向ける熱量の高さを。

あれは契約だけの関係と思っている人物に向けるものではなかった。あの王子は間違いなく彼女に惚《ほ》れている。それもかなり深く。

俺から見れば成長途中で未熟なところもある王子だが、それでも今後はかなり強者に成長するように感じた。そんな人物をあえて敵に回してまで手に入れるほどの熱量は俺にはない。ないはずだ。

しかし、彼女に出会ってからどうも今までのようにいかないことが増えてきた。

黒いガラスの下に隠している本来の瞳《ひとみ》を見られたからだろうか、それをあまりにもあっさり受け入れられたからか？　たった数回会っただけなのに、彼女のことを考えると少し心が乱れる気がする。

そのためか、今回のソルシエへの留学話が出てから、もはや自分でも忘れていたことまで思い出してきてしまった。

俺は自由に生きるのが好きで傭兵をしていた。人の命を狩ることもなんとも思わないそういう男なのだ。

ぼんやりと思い出した元々の自分の気持ちをまた心の奥にしまい込むためにそう自分に言い聞かせる。

横ではまだジャンがニヤニヤしているが、もう相手にするのが面倒だ。

俺は頭をがりがりとかくと、

「しばらく一人で休むから部屋から出てってくれ」

そう言った。

そんな俺にジャンは軽く肩をすくめて何も言わずに出ていった。

ドアが閉まると俺はそのまま寝具に寝転がった。

異母兄やジャンはソルシエで休むように言ったが、もちろんそんなつもりはない。

エテェネルのため豊かで発展しているソルシエの文化を学び持ち帰り、いい縁を作ることなどがこの留学での目標だ。

間違っても王子の婚約者である彼女と交流することではない。

俺はぐっと気持ちを引き締めた。

ソルシエに着くにはもうしばらく時間がある。

★★★★★★

破滅フラグが迫っているかもしれない危険を感じつつ、それでも変わらず朝は訪れる。

エテェネルの王子（セザール）は伝え聞いた話によれば無事に入国し、留学生活をスタートしたようだ。

ただ私は基本、魔法省と家の往復生活を送っているので会うことはない。もしかしたらこのまま会わないであちらが留学を終えるのかもしれない。

まったく会わないでさよならも少し寂しいが、破滅フラグのことを考えればそのほうがよいだろう。

破滅フラグを回避した後ならいくらでも会えるのだから、気を付けて過ごすのもあと半年のことだ。そこからは自由なのだ。

さてそんなことを考えつつ、本日も勤務である私はクラエス家の馬車で魔法省へと向かう。

馬車の中ではいつも通りに爆睡し、到着すると御者に起こしてもらう。目をこすりながら馬車を降り、魔法道具研究室（所属部署）へと歩く。

魔法省で所属したくない部署ナンバーワンと言われる魔法道具研究室。配属された当初はその変わり者の多さにおののいたものだが、今ではすっかり慣れてきた。

先輩方も変わっている人が多いが皆、面倒見のよいいい人ばかりでむしろ今は、この部署に配属されてよかったなと思ってきている。

部署のドアをノックして中へと入ると、まだ誰の姿もなかった。

基本的に忙しいことが多く、一時期は連日の泊まり込みも当たり前になっていた時もあるらしいが、今は比較的落ち着いているらしい。ちなみにある先輩によると部署の忙しさは副部署長であるラファエルの目の下の隈《くま》で測れるとかなんとか、本当だろうか？

そんなことを考えながら、カーテンと窓を開ける。

本日は天気がよく暖かい日差しと爽やかな空気が入ってくる。

この部署では各自の机やその周りは自分で掃除するという決まりになっているので、共有の人ペースに箒《ほうき》をかけていく。

最初こそ公爵令嬢の私が箒で掃除することに驚いた先輩方もいたけど、今ではすっかりそういうものだと納得されたようだ。

確かに今世ではその立場から外ではあまり掃除とかはしてこなかった（家の中では私は畑作業後によく屋敷を土で汚してしまうので、怒ったお母様に私自身も掃除するように言われてやっている）。でも前世では家の部屋はもちろん学校の掃除もしていたので慣れたものだ。

それに私は自分でこうして自分の居場所を綺麗《きれい》にするのがけっこう好きなのだ。特に天気のいい日のお掃除は気分もあがる。

　そんな風にご機嫌で箒をかけていると、ドアがガチャリと開いて部署内でもキャラ強めの先輩が入ってきた。

「おはよう～。お掃除ありがとう」

　そう言って片手を顔のすぐ横で小さく振ったローラ（本名ガイ・アンダースン）先輩は、本日も見た目こそマッチョ男性だけど女子力が高い。

「おはようございます。先輩、また服を新しくしたんですか？」

　今日の先輩の服はフリル増し増し、ここのところ先輩は変化が激しい。

「そうなの。こないだ外仕事で男装させられたから、なんかその反動でより可愛《かわい》くしたくなってね。化粧品も新しいのにしたの。口紅も新色なのよ～」

　そう言って唇を少しだけ突き出したローラ先輩の口には綺麗なピンク色がついていた。

「可愛い色ですね」

「でしょう。一目ぼれしてすぐ買っちゃったの」

「それって前に言っていたお気に入りのお店でですか？」

　ローラ先輩は可愛い服や化粧品のお店開拓に余念がなく、色々なお店を教えてくれるのだ。

「そうそう。あそこのお店、本当に化粧品の品ぞろえがよくて、品質もたしかですごくお勧めなの。カタリナ嬢も今度、ぜひ行ってみてよ」

「う～ん。でも私、化粧品ってよくわからないんですよね。いつもメイドのアンにお任せしてるだけで」

私がそんな風に答えるとローラ先輩の眉《まゆ》がぐっと寄った。

「もう、そんな無頓着でもったいない。カタリナ嬢、あなたせっかく綺麗な顔をしているんだから、もっと色々と開拓すればきっともっと素敵になるのに」

頬《ほお》を膨らませてローラ先輩はそんな風に言う。

ローラ先輩ったら『綺麗な顔』なんておだてるのが上手《うま》い。顔は確かに前世の狸顔より綺麗ではあるけど悪役顔だからな。

しかし、先輩が言ってくれたようなことをクラエス家のメイドにも何度か言われたことがあるのだ。

だけどどうしても色気より食い気で可愛いお店を見に行く途中に美味《おい》しそうなお店があるとそこに足が吸い寄せられてしまうんだよね。

私の化粧を担当してくれているアンもそんな私に日々、付き合い続けているせいで食べ物と畑には詳しいけど化粧の知識は嗜《たしな》み程度とのことらしい。これはアンにも申し訳ないことだと思っている。

「う〜ん。でもどうしても化粧品より食べ物にいってしまうのですよね」

私がそう言うと、ローラ先輩の眉が下がってしまう。

「カタリナ嬢はまだまだお子様ってことね。好きな人でもできるとまた変わると思うのだけど、気になる人は？」

ローラ先輩にそう言われ、気になる人を考えようと思ったところで――。

「おはようございます」

我が部署の主力であるラファエルがやってきた。

「「おはようございます」」

そう返して、そういえばいつも私より早いか同じくらいのソラがまだ来てないなと、キョロキョロすると、そんな私の心の内を的確に読み取ったらしいラファエルが、

「ソラは今日、外での仕事なのでこちらにはこないんですよ。それからカタリナさんにもお願いしたい仕事があるんです」

と言ってきた。

「お願いしたい仕事ですか？」

あまりそんなことを言われたことがないので不思議に思い首をかしげてしまう。

「はい。ラーナ様からご指名なんです」

「ラーナ様からですか？」

ラーナ様ことラーナ・スミスはこの魔法道具研究室の部署長にしてすごい魔法オタクな変わった人だ。

魔法への興味が強すぎて暴走してそのまま仕事をほっぽり出してしまうこともあるちょっと困った人でもある。

そんなラーナから個別にお仕事の依頼とはどういうことだ？

「はい。今日、ラーナ様はどうやら城で仕事らしいんですが、必要なものをカタリナさんに届

けて欲しいとのことです。ラーナ様不在で僕も手が空《す》かないのでカタリナさんの午前の魔法の訓練はできないので予定としては問題ないのですがお願いできますか？」

なんだどんな大変なことかと思ったらただのおつかいだった。

ラーナ不在でラファエルの手が空かず、私の闇《やみ》の魔法の訓練ができないから暇だろうと頼んできただけなのかもしれない。

「わかりました」

私がそう答えると、横にいたローラ先輩が、

「あら、可愛いカタリナ嬢を一人でおつかいなんて大丈夫かしら」

なんてことを言った。ラファエルが少し苦笑して言う。

「魔法省と同等に安全な場所ですから大丈夫ですよ。それにカタリナさんはハートさんほど方向音痴でもありませんし」

うん。確かにローラ先輩の相方（と皆に言われる）ハート先輩では間違いなく迷子だよね。彼はこの部屋を出てトイレに行くだけでも迷子になるくらいだものね。

「あら、でもこんなに可愛いのだもの。他国の王族に見初められちゃったらどうするのよ」

「……せ、せんぱい」

なんかおばあちゃんとかが言う『うちの孫本当に可愛いから心配』みたいな感じになってませんか。だんだんといたたまれない気持ちになってきたんですけど。

こんなローラ先輩に対して、ラファエルが突っ込みを入れてくれるかと期待したんだけど、

「そうですね。それは危ないかも」

とラファエルまで真面目《まじめ》な顔で返した!?

嘘《うそ》でしょう、この空間はボケしかいないの！　突っ込み不在なの……いたたまれなさマックスでそう思っていると、

「いやいや、君たちカタリナ嬢がどれほど可愛く見えているか知らないけど、彼女、結構くせが強いしそれほどモテないだろう。僕ほどの美しさだとそうも言っていられないけどね」

すごいいい感じの突っ込みをありがとうございます。コーニッシュ先輩。

しかし、今日も眩《まばゆ》く光るフリフリひらひらの衣装で皆の目をチカチカさせているあなたに癖が強いとか言われたくないです。

ほら見てくださいノーマン先輩がまたものすごく冷たい目でコーニッシュ先輩を見てますよ。気付いてください。

「あら、うちのカタリナ嬢は可愛いのよ。モテモテなのよ」

おばあちゃんもといローラ先輩がまた食いついた。こちらも孫自慢は十分なんでもういいです。気付いてください。

「ガイ・アンダースン、まったく君の目は節穴だな。しかしそんなに気になるなら君がついて行ってやればいいだろう」

「ちょっとなんで本名フルネームで呼んだのよ。……ついてってあげたいのはやまやまなんだけど私、お城は苦手なのよね」

最初は少しドスの利いた声で、その後はいつもの可愛い声に戻りローラ先輩がそう言った。

これは話題をかえられるかしらと聞いてみる。

「ローラ先輩、お城苦手なんですか？」

そういえばお城に入るような仕事に出ているのを見たことがないな。

「そうなの。あそこに行くとすぐ不審者扱いされて声かけられるから嫌なのよ」

ローラ先輩は頬を膨らませてそう言ったけど。

まぁ、それは仕方ない気がした。

お城の人たちも大きなマッチョの女装男性が入ってきたらとりあえず声をかけて身元を確かめようってなると思う。私がお城の人でもそうする。

「ふん、何度声をかけられようが堂々としていればいいんだ。そのうち何やらあだ名をつけられ黙認されるようになるぞ」

と堂々とそう言ったコーニッシュ先輩にノーマン先輩（のヌイグルミ）が、

「こいつのあだ名は『フリル』」

とぼそりと教えてくれた。

いや、お城の人たちから『おい、フリル来たぞ』とか言われたくないな。

そんなよくわからないやり取りをしているうちに気付けば仕事の時間となっていた。

まだ心配してくれているローラ先輩とラファエルに、私は、

「よく行く場所ですから大丈夫です」

と告げラーナへ運ぶ書類を預かり城へと向かうこととした。

ラーナのことだからとんでもない魔法道具とか運ばされるかもしれないと少しびくびくしたけど、ただの書類でよかった。

でもただの書類をなぜわざわざ、私を指名して届けさせるのだろう。

その疑問の答えはラファエルから『これ、ラーナ様から道中で読むようにということです』と渡された封筒の中に書いてあった。

馬車の中で封筒を開けると一枚の紙が折りたたまれて入っていた。

それを開くと『本日、城ではラーナ・スミスではない方で動いているのでよろしく』と書かれていた。

実は『ラーナ・スミス』という名は偽名であり、彼女の本当の名はスザンナ・ランドールといい、ランドール侯爵家の令嬢にしてこの国の第一王子ジェフリー・スティアートの婚約者という名の知れた人物なのだ。

そんなスザンナが魔法省で本格的に働くにあたり、名前と顔を変えて働いているのがラーナ・スミスである。

この事実は魔法省のお偉いさんの一部しか知らないことだったらしいのだが、私は少し特殊な特技（親しい人の変装に気付きやすい）によって、その事実に気付き、最近、本人にそのことを伝えたのだ。

だから私はラーナにとってもう一つの顔を知る数少ない人物ということで、今日、スザンナとして動いているらしいラーナに書類を渡すのを頼まれたということだろう。理由がわかりすっきりした。

お城へ着き、使用人に『スザンナ・ランドール様に御用があります』と伝えると、すでに私が来ると伝えてあったらしくスムーズに居場所を教えてもらえた。

お城に来るのは少し久しぶりではあるけど、そこは幼い頃から通い詰めている場所、迷うことはない。

ただ使用人に『他国から留学で来られている方がおりますのでご配慮ください』と言われ、セザールが今、城にいることを思い出した。

配慮してくれということでだいたいの行動範囲も教えてもらったので、近づかないようにしようと決めた。

破滅フラグのことを考えると、今はまだ会わない方がいいと思うからだ。

セザールがいそうな場所をさけ、スザンナがいるという部屋へと向かう。

そうして少し遠回りになりつつたどり着いた部屋にノックをすると、

「どうぞ」

と聞き慣れた声が聞こえた。

「失礼します」

と中へと入ると、スザンナと、そして第一王子ジェフリーがいた。

スザンナだけだと思っていた場にジェフリーもいたので、私は慌てて淑女の礼をとった。

そんな私を見てジェフリーは、

「公の場でもないんだから、かしこまらなくていいよ」

そう言って笑った。すると続けてスザンナが言った。

「うむ。こいつのことはそのへんの石ころだとでも思えばいいぞ」

「ス、スザンナ様⁉」

いくら婚約者でもその発言は王族に失礼になるのでは！ と焦る私にジェフリーが、

「いつものことだから気にしなくていいよ。俺とスザンナはいつもこんなもんだから」

ニコニコしながら言った。

二人はすごく親しい感じだ。前に会った時はここまで親しげではなかった気がするけど、これが素ということかしら？

とりあえず言われた通りジェフリーのことはあまり気にしないようにしてスザンナに預かってきた書類を渡した。

書類を受け取ったスザンナは中身を確認した。

「ありがとう。確かに受け取った」

「はい」

無事におつかいを果たせてよかった。

しかし、お城から魔法省まで書類を取りに来られないなんてどうしたのだろうか？ お城と魔法省はそこまで距離はないのだけど、そのような疑問を少し聞いてみると、

「うむ。実は今、ジェフリーと留学中のエテェネルの王族の対応をしているので城に詰めているんだ。だから必要なものは魔法省から送ってもらってここで仕事をしているんだ」

スザンナがそのように答えてくれた。

そうか、セザールの対応はジェフリーとスザンナがしていたんだな。相手は王族だしこちらも色々と気を遣うよね。

「じゃあ、この書類はかなりの急ぎだったんですね」

魔法省からお城への普通の定期便で間に合わないほどの急ぎだったのだろうとそのように言ったのだが、それを聞いてスザンナは沈黙した。

ん、どうしたんだろう？

「確かに急ぎではあるが、定期便でも大丈夫ではあったのだ。ただカタリナ嬢に渡したいものや、言っておきたいことがあったのでな」

そう口にしたスザンナの顔がとても真剣なものだったので、私もこれは真面目に聞かなくてはいけないやつだと察し、姿勢を正した。

「まず、これをカタリナに返したいと思っている」

スザンナはそう言って、机の上に何やら手のひらサイズのものを置いた。

手鏡のようだが、鏡はついておらず円を囲うように装飾品がついている。え～と、これはどこかで見たことがあるような。

「あっ、これは露店でジオルド様に買ってもらったやつ！」

思い出してつい叫ぶように言うと、スザンナは少しクスリと笑った。

「ああ、君が旅の途中でジオルド王子に購入してもらった土産品《みやげ》だ。そしてのちに闇の魔法道具とわかって私が預からせてもらっていたものだ」

そうだった。行方不明になったキースを探しに行った時に露店で見つけて気になったやつで、ジオルドに買ってもらったのだ。

そんな鏡もどきがなんと闇の魔法道具で、これがきっかけとなり闇の使い魔であるポチと契約することになったのだ。

こちらに戻りすぐに魔法省で調べるということでポチとともにラーナ（スザンナ）預かりになったけど、ポチの方は私の傍を離れたがらないので、結局、この鏡もどきだけ預かってもらっていたのだ。

なんかその後もゲームⅡがはじまってしまったりと色々とあって鏡もどきのことは記憶の彼方《かなた》に飛んでしまっていた。

「もう調べたりとかは大丈夫なんですか？」

あの時のラーナ（スザンナ）の話では魔法省で色々と調べるということだったのだが。

「うむ。もう十分すぎるほど調べさせてもらった。残念ながらとても古いものだという以外はほとんどわからなかったのだがな」

スザンナがそれは残念そうに言った。

「そんなに古いものだったんですか？」

確かに古そうな見た目をしているけど。

「ああ、昔も昔。それこそソルシエ王国が建国した頃に作られた品物かもしれない」

「け、建国した頃って大昔じゃないですか⁉」

想像していたより昔すぎてまた叫んでしまう。

「使われている素材を調べた結果、そのあたりの時代に作られた可能性が高いんだ。それ以降に尽きてしまったとされる素材が確認されている」

「そ、そうなんですね。しかし、そこまで古いと思ってもみませんでした。よくここまで綺麗に残っていましたね」

それほど昔のものならば、少しさびただけのこの状態は奇跡に近い気がする。

「それはおそらくこの道具自体に魔法がかかっていたからだと思う。マリア・キャンベルに確認してもらったところ、かなりよく見るとこれ自体からわずかだが闇の魔法の気配がするそうだ」

「そうだったんですか。闇魔法の力でこれだけの綺麗さを保っていたんですね。すごいですね闇の魔法」

私がそう感心すると、スザンナは考え込むように呟《つぶや》いた。

「うむ。ただそこは闇の魔法がすごいのか、それともこの魔法をかけた人物がすごいのかはわからないことだが」

「かけた人ですか？」

「ああ、闇の魔法も他の魔法と同じくかけた人物の力に影響を受けるというのは調査済みなのでな。そちらの可能性もある」

闇の魔法自体でなく、かけた人がすごいかもしれないか……ん、というか今更だけどそんな昔から闇の魔法はあったの！　建国当時から？

なんとなく国が発展して魔法も発展してから、誰かが作りだしたのかと思っていたけど、もしかして最初から存在したとか？　闇の魔法ってどうなっているんだ？

そういった疑問を思わず口にすると、スザンナは眉を寄せた。

「その辺のことは私も気になり、色々と調べてみたのだが何もわからなかった。闇の魔法自体が隠されていたものだとしても、そもそも建国後から数百年の資料は時代のせいもあると思うがほとんど存在しないのだ。特に魔法についてはより少ない」

「……そ、そうなんですね」

魔法で発展してきた国なのにその記述がないとかどうなっているんだろう。

「そもそもソルシエの建国についても『魔力を持つ者たちが他の大陸から渡ってきて国を作った』という短い記述くらいしかなく、それも本当なのかはわからない。のちの時代の者が、都合が悪いと判断すれば破棄されたり書き換えられたりすることもある、歴史とはそういう不確かなものだからな」

ほぉ、そういうものなのか。

スザンナの言葉にそう感心していると、

「少し話がそれてしまったが……そういうことで調べられることは調べ尽くし、私たちが持っていてもこれ以上はどうしようもない。よって元々の持ち主であるカタリナに返そうということになったのだが、もし君がこれを持っていたくないというならこちらでこのまま預かっておくがどうする？」

闇の魔法の気配がわずかに感じられる建国の頃に作られたらしい魔法道具。そう聞くと曰く付きのものっぽく感じるけど……。

私は机に置かれた鏡もどきをじっと見てみた。

なんとなくカッコいい感じがして買うかどうか悩んでいたらジオルドに買ってもらったもの。こうして考えればジオルドからの贈り物でもあるわけだけど、このような事情なら預かっていてもらったとしてもジオルドに失礼にはならないと思う。

だけど、この鏡もどきのお陰もありキースを助けることができたわけだし、それに――そんなに危険だったり、悪いものには思えないんだよね、これ。

根拠があるわけではないのだけど、『悪い』より『いい』ものな気がする。いつものなんとなくの勘だけど、でも、こういう勘は意外と当たるほうだ。

「持ってかえります。なんだかその方がいいような気がするので」

私がそう答えると、スザンナは目をぱちくりして、

「そうか、なら持ってかえってくれ、ただもし何か問題が生じたらすぐ教えてくれ」

と言い、そして続けた。

「では渡すものは渡したので今度は話しておいた方がいいことだが」

スザンナはそこで言葉を切ってちらりとジェフリーの方を確認した。スザンナの視線を受けてジェフリーはこくりと頷いた。

「ここからは少し俺が話をさせてもらう。これは前々から話すべきだとは思っていたことだが――」

そう言ってジェフリーが話し出したのは、サラという女性の裏にいるだろう人物の危険性についてだった。

ジェフリーが必死に動いても未《いま》だにその存在をつかめない厄介な人物。名もわからないその人物が、闇の使い魔を有している私を狙う可能性があるかもしれないこと。そのために十分に注意してほしいということだった。

今までゲームの破滅に対する危機感はあったけど、その他のことでそれほど自分に対しての危機感を持ってこなかった。

だけど『ジェフリーやスザンナでも正体を掴《つか》めない相手が自分を狙うかもしれない』という話には背筋がぞくりとした。

もしかしたらゲームの破滅より前にこの身が危ないかもしれない。

そんな風に珍しく危機感を覚える私に、ジェフリーが、

「カタリナ嬢のまわりも皆、君を守ろうとするだろうけど、最終的に君を守れるのは君自身だ。どうか自分をしっかり守れるように日ごろから心がけて欲しい」

真剣そのものの顔でそのように言うから、私は思わずごくりと唾を飲み、そしてしっかりと頷いた。

スザンナの用事はその二点だけだったということで、闇の魔法道具を受け取り、これからまたセザールへの対応についての話し合いがあるという二人と別れ、私は魔法省へ戻るため門へと向かう。

スザンナは帰り際に身を守るためにも自分の魔法もそうだが、使い魔であるポチを頼るようにと助言をくれた。

確かに巨大化もできるポチは頼もしいのだけど、たまに言うことを聞いてくれず暴走することもあるからな。もっと日ごろから言っておかなければいけないな。そう思い、周りに人がいない廊下でポチをそっと呼び出してみた。

「ワン」

と元気な鳴き声をだしてポチが影から飛び出てきた。

私の前に座りまん丸の目でじっとこちらを見ながらフリフリと尻尾《しっぽ》を振る可愛らしい姿に、そのモフモフの頭を撫《な》でるとポチは嬉《うれ》しそうに目を細めた。

うん。うちの子。最高に可愛いわ。

「ポチ、私、なんだか危険な人に狙われるかもしれないの。私にもし危険が迫った時は守ってくれる?」

試しにそんな風に聞いてみるとポチはまるで心得たという風に『ワン』と元気に返事をした。

「ふふふ、ありがとう」

　私はポチを抱っこした。ポチも嬉しそうに私に頭を擦り付けた。ああ、うちの子が可愛すぎる。

　思えば前世では犬に嫌われ続け、今世でも同じでもうこのモフモフに触れることはできないと諦《あきら》めかけていたところに現れたこの奇跡のわんこポチ。もう本当なら一日中モフモフしていたいくらいなのである。

　モフモフ、モフモフ、ああ、気持ちいいこの毛並み。そうしてポチを堪能していると、突然、ポチがびくりと動いた。

「え、どうしたの？」

　そう聞くと腕からおろしてという風にじたばたしたので、そっと床に下ろすと、一目散に走っていってしまった。

「えっ、またこの展開!?」

　今、二人いや、一人と一匹、すごいいい感じの雰囲気でなかった？　そう思っていたのは私だけなの……と悲しい気持ちになりながらも、私はポチの後をスカートをたくし上げて、全力疾走で追った。


　ポチを追ってたどり着いたのは、やはりというかすでに四度目となる場所だった。

前国王の末の子どもでありジオルドたちの叔父にあたる人物が、引きこもっているという建物の近く、立ち入り禁止のエリアである。

薄暗くあまり日のささない芝生《しばふ》の上でごろんとしているポチに近寄り、

「ここに何かあるの？」

そう問いかけてみるも、ポチはくりくりした目で見返してきて尻尾をふりふりするだけで何も答えてはくれない。

お城で逃げて四回ともここに来たということは、きっとここに何かがあるのだと思う。ただここが異様に暗くて居心地がいいだけという可能性もあるけど。

私は周りを見渡してみた。木々が生い茂っていて薄暗いがそれ以外におかしなところはない。いつもは立ち入り禁止のエリアだからすぐに戻っていたけど……どうしてここにポチがいつも来るのか気になる。

私はポチを隣に出したまま、少し周辺を散策してみることにした。不思議なことにここにたどり着くとポチはいい子に隣を歩いてくれる。

他の場所はだいたい光がさす明るい場所なのにここだけが、薄暗いのはこの剪定《せんてい》されていない木々の葉が生い茂っているせいな気がする。この木々が綺麗に剪定されればもっと光もさして、綺麗な場所になりそうだ。

そんな風に思えるのも、元々は綺麗に整えられていたような形跡がところどころに残っていたからだ。

ジオルドたちの叔父さんが引きこもっているという建物も、年数はいっている感じだけど、お城の端の方に建てられているわりに、よく見ると趣向の凝らされた立派なもので、身分ある人が住んでいたものだとわかる。

きっとそういう建物だからこそ王族の人が暮らしているのだろうけど、元は誰の住まいだったのだろう。

ふと前に来てしまった時に開いた窓が目に入った。そこからジオルドたちの叔父さんと思われる人が顔をだしたのだ。

一目見ただけだけど、まだ印象に残っているこの世のものではないと思えるほどの美しい人。

あの時が初対面だったはずなのに、なぜか名前を知られていて、おまけにものすごく嫌われていたのだ。

だいぶ衝撃的な出来事だったのでしばらくたった今でもしっかり覚えている。

今日、窓は開かないよね。

『王子を手玉に取って弄《もてあそ》んでいる悪女』

『愛を請われてもずっと無下にして、相手を傷つけても自覚もないなんて、君は最低だね』

あの時、彼から告げられたこの言葉は社交界で囁《ささや》かれる悪口とはまったく違い、的を得ていて私の心に深く刺さった。

しかし、あの言葉があったからこそ、その後を考えるきっかけになったこともあるので、ありがたくも感じている。

でも、またあのようにずばりと心に突き刺さる言葉を言われるかもと思うと少し怯《ひる》んでしまう。

私は速足で窓の横をすり抜けた。

薄暗い木々の間を進んでいくが、やはり特に何もない。このままあまり奥まで行くとさすがにまずい気がする。この辺で引き返そうかなと思った時だった。

ポチがまた尻尾をふりふりして奥のほうへと走っていってしまった。

「えっ、ポチ、またなの！」

私は慌てて後を追うが、ポチはそのまま大きな茂みの中へバサバサと飛び込んでいってしまった。

茂みの中にそのまま入り込むと草だらけになってしまうので、回りこんだほうがいいだろうなと思っていると、

「うわ、なんだ!?」

ポチが飛び込んだ茂みの向こう側からそんな声が聞こえてきた。

まずい、人がいたんだ!?　私は仕方なくそのまま茂みの中に飛び込んだ。

手で草をかき分けて茂みを抜けるとポチが一人の青年にワフワフと尻尾を振ってまとわりついていた。

「うちの子がすみません」

と声をあげて近づくと、ポチにまとわりつかれていた青年がこちらに視線をよこした。

輝く金色の髪に、黒曜石のように美しい黒い瞳。

この目がさめるような美形こそ先ほど頭に浮かんだばかりの人物だった。まさかまた出会うとは思わなかった。

そんな彼とばちりと目が合った。

「ここは立ち入り禁止の場だ。不法に侵入して何をしている？」

彼は鋭い目を向けながら冷え冷えした声でそう言ってきた。

「すみません。うちのペットがまた迷い込んでしまったので探しにきたんです」

私は慌てて彼の周りを回るポチを抱っこして回収した。

ポチが不満そうに私を見たけど、私は『駄目よ』と目力で叱った。

「城の中でペットを放すな。非常識だぞ」

またまた冷たい目で言われてしまった。

「その通りです。すみません。以後、気を付けます」

私はそう言ってしっかりと頭を下げた。

「ペットも見つかったなら、さっさと去れ、目障りだ」

やはりこの人、すごく私が嫌いなんだな。

あっ、でも彼に言っておかなくてはいけないことがあったんだ。

「あ、あの、この間はありがとうございました」

私がそう言うと彼は怪訝《けげん》な顔をした。

あれ、これは通じなかったなと私は言葉を補足した。

「『相手を傷つけて自覚もない』っていうようなことを言ってもらって、それで今までの自分の行いに気付くことができました。ありがとうございます」

この人に『あの言葉』をもらわなかったら気付けなかったかもしれないから、会ったらちゃんとお礼を言わなくてはと思っていたんだ。言えてよかった。

目的を果たせてほっとしながら彼を見ると、なぜか口をぽかーんと開けて固まっていた。

「あの、どうかされましたか?」

思わずそう尋ねると、彼はキッとこちらを睨んで言った。

「どうかされましたかじゃないよ。あの言葉にお礼ってお前はどういう頭のつくりをしているんだ」

「え、ですからあの言葉で自分の行いに気付くことができてありがたかったので」

まだ通じなかったのかとまた繰り返すと、彼は、

「……本気か……本当にこいつの頭の中はどうなってるんだ。おかしい奴だとは思っていたけど、ここまでとは……」

なんかブツブツ独《ひと》り言《ごと》を呟きはじめた。

これはどうしたらいいのだろう。正解がわからずポチを抱っこしたまま彼の前に立ち尽くす。

そういえば全身は初めて見たけど、さすがジオルドたちの身内だな、背は高いしスタイルも抜群だ、羨《うらや》ましい。——あれ、でもなんだか——。

「おい、もういいから、さっさと戻れ」

つい見惚れてしまっていたら、目の前の彼はまた冷たい目に戻り、しっしっと私を追い払うようにして言った。

「あっ、はい」

返事をして戻ろうと思ったのだが、彼が反対側へときびすを返そうとしたのを見て、思わずその腕を掴んでしまっていた。

「はっ、何？」

とものすごく怪訝な顔をされてしまった。

それはそうだろう。なんのつもりだというところだろう。

しかし、実は私自身にもよくわからないのだ。ただ咄嗟《とっさ》に手が出てしまい、

「えっ、あの、迷ってしまうのではないかと……」

という言葉が口から飛び出していた。

「はっ？」

彼が益々《ますます》、怪訝な顔をした。

「えっ、いや、なんか咄嗟にそう思ってしまって」

どこかしどろもどろに言う私に、彼が眉を顰め、そして何かを考え込むような仕草を見せた。

そしてばっと私の手を振り払うとその手で私の頭をバシバシと払った。

「えっ、えっ」

混乱している私の頭からハラハラと葉っぱが落ちていく。どうやら茂みをくぐった時に頭にかなり葉っぱがついてしまっていたようだ。

葉っぱをとってくれたのか、そう思っている間に彼は今度こそきびすを返し反対側へと歩き出してしまった。

あっ、葉っぱを取ってもらったお礼を言わなくては。

「ありがとうございます」

そう後ろ姿に声をかけたけど、返事はなかった。

ポチがくーんと寂しそうな鳴き声を出し彼の後ろ姿を見つめていた。

「もしかして、ポチはあの人に会いにきたの？」

そう聞いてみたけど、やはりまん丸な目でこちらを見るポチから返答があるわけもなく、謎《なぞ》は深まるばかりだった。

なんだか不思議な気分でポチを抱っこしたままトボトボと城内を出口へと歩く。

あの青年のことがあまりにもわからない。

私を嫌っているんだと思っていた、でも頭についた葉っぱをとってくれた、ポチもなんだか懐いているようだ。

ジオルドやアランに聞いてみれば何かわかるだろうか。ぼんやりとそんなことを考えながら

歩いていると、

「ぜひご一緒しましょう」「私とお出かけしましょう」「我が家に招待させてください」

何やら女性たちの姦《かしま》しい声が聞こえてきた。

お城の中でパーティーでもないのにこんなに騒がしいのは珍しいなとそちらに目をやれば複数の女性が一人の男性を囲んでいるのが見えた。

背を向けている男性の顔はこちらからは見えないが、女性はおそらく皆、貴族のご令嬢だろう。

煌びやかなドレスや装飾品から身分の高さがうかがえる。

私の周りにはモテモテがたくさんいるからこうした風景は見慣れたものだけど、でもこの女性たちはかなり積極的なようだ。かなりぐいぐい迫っている。

これはさすがにちょっと大変なのではないだろうか。

私はジオルドの婚約者であり公爵令嬢でもあるので、お陰様でそこそこに発言力があるのだ。

これは一言、注意した方がいいかもしれない。

そう思った私はポチに影に戻ってもらい、女性たちのほうへと歩み寄った。そして、

「あの、あまり強引なのはよくないと思います」

と声をかけた。

途端にキッと女性たちが鋭い視線をこちらによこしてきた。

そこで何人かは私を認識して表情を取り繕ったが、変わらず鋭い視線の女性たちもいた。

これはもめるかもなと覚悟した時、囲まれていた男性がこちらを振り返った。

ばちりと目が合って、私は思わずポカーンと口を開けてしまった。

そうだった。今、彼がここにいるのをお城に入った時までは覚えていたはずなのに、ポチの逃走と青年との再会で頭がいっぱいになり一時的に忘れてしまっていた。

褐色の肌に黒い髪に黒い瞳（本当は金色だけどガラスを入れて色を変えている）、大人っぽく色っぽい美形のエテェネルの王子様セザール・ダル。

交流会や港町の事件で仲良くなった彼は今、ソルシエに留学中だ。

なんとなく会わないだろうなと思っていたので突然の対面にとてもびっくりしてしまう。それはセザールも同じだったようで、目を見開いて驚いた様子だ。

そんな私とセザールの様子を目にして、彼を囲んでいた女性たちも何か気が付いたようで女性の一人が、

「あの、お知り合いですか？」

とセザールに尋ねた。

セザールは少し沈黙した後、

「そうなんです。会合の際にお世話になったので改めて挨拶《あいさつ》させてもらおうと思っていたんです」

そんな風に言ったものだから女性たちの鋭い目が再び私に突き刺さった。

ちょっとセザール、あなたなんてことを言ってくれるのだ。

ただでさえ完璧王子の婚約者として女性の嫉妬を集めている私なのに、またさらにやっかみが増えてしまうではないか。

私はセザールに抗議の視線を向けたが、彼はそれを軽い苦笑でかわし、女性たちに向き合うと、

「そういうことで今はお引き取り願えますか？　また改めてご連絡をさせていただきます」

そう言うと、なんと女性の名を個別に呼び一人一人に、にこりと特上スマイルをおみまいし、そして小声で何かをそれぞれに伝えていた。

すると、それを受けた女性たちは見事に皆、顔をぽっとさせ「そういうことでしたら」と引いていった。

それは見事な対応というか技で、思わず小さく「すごい」と呟いてしまったほどだ。これは私がわざわざ声をかけるまでもなかったな。

女性たちが遠ざかり、セザールに、

「今のすごい技でしたね」

と声をかけると、セザールはにっと笑って言った。

「あの手の女は個別に認識されて、それぞれに見合った世辞を言ってまた連絡すると伝えておけば、とりあえずその場はしのげることが多いんだ」

先ほどまでの王子様スマイルはどこへやらで出会った時のセザールそのもので、私も自然とつられて素になってしまう。

「名前をしっかり憶《おぼ》えているだけでもすごいと思ったんですけど、見合ったお世辞とかどんなこと言ったんですか？」

思わず身を乗り出して聞けば、またにっとしたまま、

「その辺は家のことや、着ているドレスや装飾品なんかを観察して、今までの経験で上手くな」

そう教えてくれた。

さすが色気あふれる元傭兵の攻略対象、これはきっと今まで数多くの女性を手玉にとってきたことだろう。

「これまで色々とあったからな。……というかお前はここで何してたんだ？」

セザールがそう聞いてきた。

「あ、私は仕事で用があって――」

もう戻るところだと告げようと思った時に、

「セザール様、少しよろしいですか？」

と一人の青年が奥の建物から顔を出した。

セザールと同じような肌の色と衣装。きっと同じくエテェネルの人なんだろう。

その青年は私を見ると目をぱちくりとした。

あれ、面識のある人だっけ？　と考えていると青年は笑顔になり、

「これはカタリナ・クラエス様、ちょうどいま、お茶を淹《い》れたところですので、少しだけでも

どうぞ」

そう言ってこちらへ寄ってくると、私を建物の方へと誘っていく。

「おい、ジャン」

セザールが窘めようとしている感じだったけど、ジャンと呼ばれた青年はどこ吹く風で、流れるように案内してくれて、私が断るタイミングを掴めず、そのまま中へと入ってしまった。

気付けば整えられたテーブルにつき、お茶とお菓子まで用意されていて『仕事中なのですぐ帰ります』とは言い出しにくい雰囲気になってしまっていた。

それにしてもあのジャンとかいう人の仕事ぶりがすごい、あまりにもスマートな誘導でもう流されるままになってしまった。エティエネルの従者、やるわね。

とりあえず、他国のそれも王族を相手にここまで準備させてしまい、まったく手をつけずに退席することがいかに失礼なことかくらいは学んでいるので、お茶とお菓子を少しだけいただいて帰ろう。

この見たこともないお菓子もとても気になっているので。

そんな私の考えをよんだのかジャンが、

「エティエネルで作られていて、ほとんど他国には出回らない菓子なのです」

なんてお菓子の紹介をしてくれるもんだから、さらに興味がわく。

これできれば全種類食べたいな。でも仕事中だしな。う～んと悩んでいたら、目ざとくジャンが尋ねてきた。

「どうかされました？」

「その、できればすべていただきたいところなんですけど、実は今、仕事中でして」

ようやく今が仕事中なことを伝えられた。それと同時にここに並んだお菓子をすごく食べてみたいことも。

「そうだったのですね。それは失礼いたしました。ですがせっかく用意しましたしできればこちらとしても美味しく召し上がっていただきたいので。クラエス様がよろしければその旨、エテェネルの名でお仕事先にお伝えしておきましょうか？」

ジャンがそのような提案をしてくれた。

確かにエテェネルのそれも王族からもてなしを受けたというのがきちんと伝われば、さっさと帰ってこいとも言われないだろう。それに今日はラファエルも忙しくて闇の魔法の練習はできないため、私の午前の予定は特にないのだ。

そのため私は「ではお言葉に甘えて」とジャンの提案に思い切り乗らせていただいた。

だってここでしか食べられないエテェネルのお菓子とか、絶対に逃がせないもの！

私の職場が魔法省であると確認したジャンが「では手配してきます」と出ていくのを「ありがとうございます」と見送り、私はお菓子に目を移した。

何種類かあるが、どれも見慣れない。これが全部エテェネル産の出回らないお菓子なのかしら。

う～ん、見慣れないから味もいまいち想像できないわね。

　この前世の餃子みたいな形のものは甘いのかしらしょっぱいのかしら？　こちらの春巻きみたいなのはどうなのだろう？

　ものすごく真剣にお菓子を見極めていると「ぶっ」と何か噴き出すような音がしてはっとして前を見ると、向かいの席に座ったセザールが噴き出して爆笑していた。

　えっ、何？　どうしたの？　私が見ていない間に何かそんなにおかしいことが起こったの？

「どうされました？」

　笑い続けるセザールにそう聞いてみれば、目に涙をためるほど笑っていた彼は、目じりをぬぐいながら、

「ものすごく真剣な顔で菓子を見ている様子がおかしくてな。まるで獲物を狙う野生動物のような目じゃないか」

　あいだにまだ笑いの余韻を挟みながらそんな風に言った。

　どうやら何か起こったわけでなく私の様子にここまで笑ったようだ。

「そこまで笑うほどですか？」

　私がやや口を尖《とが》らせてそう言うと、

「いや、すまない。ここにきてから、気を張ってたから、あんたのその顔を見て気が緩んだのかもあるかもしれないな」

　セザールはそんな風に言ってまた目じりを指でぬぐった。

「気を張っていたんですか？」

あの令嬢たちを軽々とあしらった様子は気を張っていたようには見えなかった。

「ああ、そうは悟らせないが気も張るさ。なんせ大国ソルシエにエテェネルの王子として留学させてもらっている身なんだからな」

セザールは少し肩をすくめ続ける。

「そんなところにあんたのその顔見たら、一気に気が緩んだんだよ」

「私の顔に気が緩む効果が……そう言えば職場の上司にも農家のおばちゃんを思い出して落ち着くと言われたことがあるので、そういう感じでしょうか？」

前にサイラスと畑をしている時に言われたことを思い出して言ってみると、ポカーンとした顔をされた。

「農家のおばちゃんを思い出すってどんな状況だ？」

「一緒に畑仕事をしている時に言われたので、作業の様子が農家のおばちゃんっぽかったのかもしれません」

「畑仕事、作業の様子が農家のおばちゃんっぽい……ぷっ、益々わからなくなったぞ」

セザールがまた笑い始めた。

どうもすごく笑いの沸点が低くなっているようだ。私はしばしセザールが笑い終わるのを待った。お菓子を真剣に見聞しながら。

やがて笑いが落ち着いたセザールは、

「ふっ～～、わるいわるい、つい気が緩みすぎてな。でもそれはお前が農家のおばちゃんっぽいとかではないからな。ただ個人的にお前といると素が出しやすくて落ち着くんだ。だからお前もできれば素で接してくれ」

とにっと笑った。

素が出しやすいと言ってもらえるのは嬉しいな。

ではお言葉に甘えて私も素でいかせてもらおうかな。そもそも出会った時からかしこまってない素の状態だったので、令嬢バージョンだと違和感があるんだよね。

「はい。ではそうさせてもらいますね」

私もセザールと同じようににっとして肩の力を抜いた。それを見て、セザールは嬉しそうにほほ笑んだ。

さてではさっそく、

「お菓子食べていいですか？」

そう聞くとセザールはきょとんとして、また大きく口を開けて笑うと、

「どうぞ好きなだけ」

と言ってくれた。

やった〜！　じゃあ、遠慮なくいただくとしよう。え〜と、まずはこの餃子みたいな形のものから。

「いただきます」

おぉ、皮はパリッとしているのね。でも中はふわふわね。ん、皮に少し塩気があるのかしら、

あっ、でも中は甘い。

「ん～美味しい」

この塩気と甘みのコントラストが絶妙でいくらでも食べられるわ。

そうとはいえ、他のものを食べないなんてありえない、次はこの春巻きみたいなのを食べてみよう。そして私は用意してもらったお菓子をドンドンと食べた。

「はぁ～、美味しかった」

お皿にのったお菓子を平らげてそう言うと、

「おお、いい食いっぷりだったな」

セザールがまるで孫を見るおじいさんのような目でこちらを見ながらそう言った。

ここで私は我を忘れてお菓子を食べまくってしまったと気付き、少し恥ずかしくなった。

「その、はじめて目にするお菓子ばかりでついはしゃいでしまって、すみません」

「いや、うまそうに食べているのを見てるのも楽しかった。それよりそんなに気に入ったなら土産に持ってかえるか？」

「えっ、いいんですか？」

「いいぞ。どれがいい？　準備させる」

「え～と、このお皿のやつも最高だったし、こちらもすごく美味しくて、これも――」

なかなか絞れないでいるとセザールはクスリと笑った。

「わかった。わかった。全部、入れておいてやるよ」

「本当ですか！　ありがとうございます」

また後で先ほどのお菓子が味わえるなんて最高だ。皆にも食べさせてあげたかったし、本当に嬉しい。

「しかし、本当にいい食いっぷりだったな。エテェネルの菓子は気に入ったか？」

セザールが目を細めてそう聞いてきたので、

「はい。すごく美味しかったです。今まで食べたお菓子とはまた違う食感や味でくせになりそうで、ソルシエでは手に入らないのがせつないです。国外に売りに出す予定はないんですか？」

これで食べられなくなるのが悲しくてそう聞いてみると、

「う～ん。伝統的な菓子だから国外に売り出すのを嫌がる古い考えの者も多少はいるかもしれないが、国を発展させるためになるならば賛成する者の方が多いかもな。国に持ちかえって検討してみる価値はあるな」

セザールは顎に手をあて考えるように答えてくれた。さすがこういうところは王子様という感じだ。

「こんなに美味しいし、何より珍しいからきっと人気になると思います。むしろ今まで売りに出されなかったのが不思議ですね」

私がそう言って首をかしげるとセザールは少し眉間《みけん》に皺《しわ》を寄せた。

「何せ、近隣諸国では知られているとおり、エテェネルは長く内輪もめばかりして他国との外交も盛んではなかったからな。これからようやく力を入れていこうというところだ」

そうだった。この間の近隣諸国の交流会前の授業でも教わったけど、エテェネルという国はかなり荒れていて、これまではそれほど交流はしていなかったのだ。

それが近年即位した国王が、ようやく国をまとめ上げ、治安も落ち着き、外交にも力を入れ始めたというところらしい。

「そういえば、そう聞きました。もしかして今回、セザールさんがソルシエへ留学してきたのも、より外交に力をいれるためですか？」

ジオルドに花嫁のくだりも聞いたけど、それも含めて外交を盛んにするのが目的という感じなんだろうなと思ったのだけど、セザールの眉間の皺がより深くなってしまった。

「えっ、違いました？」

「いや、そういう意味合いもあるにはある。ただエテェネルにはまだソルシエとしっかり取引ができるほどの力がない。その力をつけるためにどうすればいいのか、ソルシエの政治体制や魔法省という組織などを見学させてもらい学んでいるといったところだ」

そうか、この留学はセザールがソルシエのことをお勉強しにきているという、まさに留まり学んでいる状態なわけなんだな。

それで、ゲームの予定だときっとこの留学でマリアと恋愛模様を繰り広げることになるわけだけど……その辺はどうなっているんだろう？

気になって少し探りを入れてみる。日々、何をしているのかと尋ねると、

「ソルシエの様々な仕事場などを見学させてもらっている。俺が見ても問題ないというものに限るが、それでも見てもよいと許可をもらえたものは時間が許す限り見せてもらっている。今日もここで少し休憩した後に、近隣の街の工事現場を見せてもらう予定だ」

とそんな感じで、日々、ぎっしり、様々な仕事の見学を入れているらしい。

これは恋をしている暇とかないな。むしろちゃんと休む時間すらないのでは？

セザールはなんとなくチャラチャラして見せてはいるけど、実はかなり真面目だと思う。

留学期間もそれなりにあるんだから、そこまで勉強ばかりしているのもなんだかもったいない気がする。というか肩に力を入れすぎて体調崩すのではないだろうか。せっかくの留学なのにな。

「あの、仕事の見学も大事だとは思いますけど、せっかくソルシエに来ているんですから、羽根を伸ばして少しは観光とかして気分転換でもしてみたらどうですか？」

そう提案してみたら、セザールが目をぱちくりして、それから先ほど以上に眉間に深い皺を作った。

「お前まで兄と同じことを言うなよ」

とぶすっとしたように呟いた。

「えっ、お兄さん？　ってエテェネルの国王様ですか？」

セザールは現国王の弟なのだ。

「ああ、その国王様が、せっかくの留学だから羽根をのばしてこいとか言ってきたんだよ」

少し口を尖らせてそう言ったセザールはなんだか小さな男の子がすねているように見えた。

「国王様も優しいんですね。それでなんですねてるんですか?」

「ああ、兄は国王にしたら優しすぎるくらいでって、なんですねているになるんだよ!」

セザールは目を見開いてそんな風に返してきた。

「いえ、すねているように見えたので」

「……すねているって子どもじゃないんだから何を言ってるんだ。……俺はただ国がやっと落ち着いたばかりでやることがたくさんある時期に俺だけが休むなんてできないって思っただけだ」

セザールはぶすっとした様子でそう言ったけど、これは一言言っておきたい。

私はびしっと人差し指をたてて言った。

「あのですね。どんなに忙しくても、というか忙しい時ほどしっかり休んで、少しでもいいから気分を変えたりしていかないと、身体や心がまいってしまいますよ」

とくにセザールのように真面目な人ほど無理して限界がきてしまうことが多いと聞いたことがある。

私の発言にびっくりして次の言葉をつむげないでいるセザールに私は続けた。

「そうしてセザールさんが倒れてしまったりしたほうがよっぽど大変なことです。だからこそお兄さんは、留学中は少しは羽根を伸ばしてこいといったのだと思いますよ。セザールさんを少しでも休ませるために」

言うことは言ったと満足する私を前にセザールは何かを考え込むような仕草をして黙ってしまった。そこへ、

「本当にそのとおりです」

と私の言葉に賛同する声が聞こえた。

セザールの従者、ジャンだった。彼は深いため息をつくとこう言った。

「セザール様は、いくら私が少しでも休んで気分転換するように言っても聞いてくださらないのですよ。クラエス様に言っていただけて、ようやく少しは聞く耳を持ってくださったようで何よりです」

「おい、ジャン」

セザールが眉間に皺をよせ窘めるようにそうに呼びかけたが、ジャンはそんなものはどこふく風といった風に聞き流した。

うん。先ほどから思っていたけどこの二人、かなり仲良しな気がする。

ジャンはガンガンとセザールに意見するけど、セザールは窘めこそすれ罰する様子もない、これはただの主《あるじ》と従者以上の関係だろう。

幼馴染の友達とかかな？　私たちとジオルド、アラン的な感じかしら？

「それでぜひ気分転換にソルシエの観光などでもしていただきたいのですが、クラエス様どこかいいところはありますか？」

おお、二人の関係性を考えていたらこちらへと話を振られてしまった。

「気分転換に観光っていいと思います。私のお勧めは……」

とここまで言ったところで、私のお勧めである町の食事処やお菓子屋、本屋などは他国の王族にふさわしいのかふと不安になった。

私的には素晴らしいところだけど、ジャンの求めているのは貴族が満足できるようなスポットという感じな気がする。

突然、黙ってしまった私にジャンが、

「どうされました？」

と尋ねてきた。私は素直に答えることにした。

「あの、私はあまり高貴な方にお勧めするようなスポットを知らなくて、街の食事処とかしかお勧めが思い浮かばなくて」

そんな私の答えにジャンは残念そうにするかなと思ったけど、逆ににこりとした。

「その方がセザール様も喜びます。あまり格式張った場は好きではないようですので」

そういえば、セザールは元々、傭兵をしていたんだった。それなら町のお食事処でも大丈夫なのかな。

「ならよかったです。では――」

私がいくつかお勧めの場所を紹介するのをセザールは興味深そうに、ジャンはとても嬉しそうに聞いていた。

「――こんなかんじですね。さすがに一日では回りきれないと思いますが」

「たくさん教えていただきありがとうございます。ところでそれらの場所は慣れない私たちでもたどり着けるでしょうか？」

私がざっとお勧めの場所を話し終えるとジャンがそのように聞いてきた。

確かに全部が有名店というわけではないから慣れない人には、たどり着きづらいかもしれない。

「慣れない人にはたどり着きづらい場所もあるかもしれません。あの、よろしければガイドを雇ってみたりするのもいいかもしれません」

「ガイドですか、いいかもしれませんが、あくまで王族と従者ではなくお忍びで行きたいとおもっているのでできればそのような事情をご存じの方の方が――そうだ！　クラエス様の今後のご予定はいかがですか？　明日とか？」

「えっ、明日は仕事は休みですが」

ジャンの勢いにのまれそう答えると、また続けて聞かれ、

「おお、ちょうどよくお休み、ご予定はおありですか？」

「何もないです」

と答えるとすかさずに、

「でしたら、ぜひ我々の観光のガイドを引き受けてくださいませんか？　もちろんお礼も致しますし、安全面でも十分に配慮しますのでぜひぜひお願いします」

そんな風に頭を下げられたものだから、

「……はい。わかりました」

と勢いでガイド役を引き受けてしまった。

ゲームのことを考えればこれ以上、接点を持たないほうがよいのだろうけど、こんな風に頼まれれば断れない。

それにゲームのことを除けば、セザールたちに街を案内するのはなんだか楽しそうな気がしたから。

「ありがとうございます」

ジャンがそれは嬉しそうにお礼を言ってきたので、なんだかむずがゆい気持ちになる。

これは明日のために今日はしっかりプランを考えないとだな。

私とジャンのそのようなやり取りを終始どこか呆然《ぼうぜん》とした様子で見ていたセザールは話がまとまると、頭をかきながら、眉を下げた。

「うちの奴が、強引にことを決めてしまってすまなかった。無理なら断ってかまわないんだぞ」

「いえ、せっかくなのでしっかりガイドをさせてもらいます」

そう胸を張った私にセザールは優しく微笑《ほほえ》んで、

「ありがとう」

と言った。

そこで話がひと段落した感じだったので、気になっていたことを聞いてみた、

「そういえば、もしかして二人は幼馴染とかなんですか？」

「ああ、俺が兄貴に拾われてからの付き合いだからもうかなり長いな」

セザールが懐かしそうな顔をして答えてくれたけど、そこで新たな疑問が生まれた。

「ん、セザールさんが拾われてから？　えっ、どういうことですか？」

驚く私にセザールはきょとんとして、

「ん、お前には話した気がしていたが、話してなかったか、実は俺は——」

そう言ってセザールがさらりと話し始めたのは、かなりヘビーな話だった。

後宮の中でその存在を消されていた小さな子どもが母親を失い、自らの命も失いかけたこと。

そんな子どもを成人したてのお兄さんが助け、その後の面倒もすべてみてきたこと。

傭兵をしていたという話は聞いていたけど、その後に王子様だとわかり傭兵は趣味みたいなもので、それまでは立派な王宮で大事に育てられた人だと勝手に思っていた。しかし、

「あの、そのような国の事情、私なんかにこんな風に話しても大丈夫だったんですか？」

エテェネルの後宮のひどさや、セザールの出生について（身分の高くない母）など他国の人間が耳にしていいことなのか気になったのだ。

まぁ、じつはソルシエも先代の国王の時代には後宮が荒れに荒れてて闇の魔法まではびこる魔窟になっていたらしいけど、それは知る人ぞ知る隠されたことなわけで、今、セザールの話したこともそういう感じだったら非常にまずい。

だからそう聞いたのだけど、セザールはけろりとした顔で、

「ああ、エテェネルの先代国王が好色で後宮の規模がすごかったのは他国にも有名なことだからな。それに俺の出生についても、ちゃんと兄の後見を得て育っているということで隠してないので問題ない」

そんな風に言って、でもその後に、

「それでも大っぴらに吹聴《ふいちょう》されたら面白くはないが、お前はそんなことしないだろう？」

とニヤニヤして言うもんだから、

「それはそうですけど……もし、私がセザールさんのことを貶《おとし》めようとしている悪い奴《やつ》だったらどうするんですか？」

少し頬を膨らましてそう言ってやった。

もちろんそんなつもり毛頭ないけど、私の元々の役割は悪役令嬢なんだから。

そんな私の返しにセザールはきょとんとして、次にまた大きな口を開けて笑った。

「もしそうだったら自分の見る目のなさを悔いるだけだ。だけどな、俺はこれまでの経験上からそういう勘はかなり働くほうなんだ。その勘がお前は絶対に悪い奴ではないといってるから大丈夫だ」

なんて自信満々に言うもんだから、少し呆《あき》れてしまうと同時にまたなんだかむずがゆい気持ちになる。

こんなに信用されて裏切ることができる人がいるのだろうか、私にはまず無理だ。まぁ、元からそんなつもりも毛頭ないけれど。

むずがゆいこの感じをなんとかするべく、話題をかえる。

「これまでのセザールさんの感じから立派な王宮で大事に育てられた人だと思ってたので、幼少期に大変な思いをされていることに驚きました」

話を聞いてすぐに思ったことを伝えた。

「ああ、そうはいっても六つくらいまでの話だ。そこから先は兄に保護されてそれは大事に育ててもらったからな。あながち間違いではないな」

そう語るセザールはやわらかく微笑んだ。

「そうですか。お兄さんに大事に育ててもらったんですね」

六つまででもそれは大変だったと思うが、その後がこんな顔で語れるほどいい思い出になっているならそれはよかった。

「急に見たこともない綺麗で豪華な部屋で暮らせて、美味《うま》いものも腹いっぱい食わせてもらって最初こそ戸惑ったけどな。それまで受けたこともなかった学問や剣術の授業なんかもすごく優秀な教師をつけてもらって、兄貴も忙しいのに暇をみつけては様子を見に来てくれた」

そう言ったセザールにジャンが、

「夜、陛下と一緒に寝てることもありましたよね」

などと付け足した。

「えっ、一人で眠れなかったとかですか？」

「昔、セザール様は雷が怖くて」

「ジャン、余計なことは言わなくていい」

セザールが眉を吊《つ》り上《あ》げた。

あっ、そういえばそもそもこの二人の関係を聞こうと思ったのに話が少しそれてしまった。

「あの、それで二人はどういう幼馴染なのですか？」

当初の疑問を聞いてみれば、セザールが答えてくれた。

「ああ、そうだったな。ジャンの母親は元々、兄の乳母だったんだ。自身の子がある程度、育ってからまた兄の身の回りの世話をする役目をしていてな、その乳母に俺を預けてくれたんだ。そこで俺の遊び相手として彼女が連れてきた末の息子がジャンだった」

「そうなんですよ。あの頃のセザール様は小さくてそれは可愛らしかったものです」

ジャンが懐かしそうにニコニコとそう言うとすかさずセザールが突っ込む。

「いや、お前も年はそれほど変わらなかったじゃないか」

「いえいえ。あの頃の数年はかなり違いますよ。とくにセザール様は年の割に小さかったですし、顔もとても可愛らしかったので最初は女の子かと思ったほどですよ」

「なっ、ジャン、お前」

セザールがすごく嫌そうな顔をして、ジャンは楽しそうにクスクス笑った。

二人は本当に仲がいいようだ。幼馴染というよりも、

「なんだかお二人は兄弟みたいですね」

そう言うと、セザールは先ほどよりさらに嫌そうな顔をした。

「俺はこんな揶揄《からか》ってばかりくる兄はいらん」

「でも兄とはそういうものだと思いますよ」

私は前世の兄を思い出す。基本、揶揄ってばかりきて、ふざけていて、意地悪だ。

「はぁ、お前の兄の基準はなんなんだよ。俺の兄はいつも優しかったぞ」

「国王様とは年が離れていたからではないですか、年が近い兄はまた違いますよ」

私も年の離れた兄の方は、奴ほど意地悪ではなかったもの。年が近い方が色々とあるのだ。

そう思う。

私のそんな発言にセザールはやや考え込みつつ、やがてきっぱりと、

「だが、やはり俺はこんなふざけて揶揄ってばかりくる兄は嫌だ」

と言い切り、ジャンはセザールのその真剣な顔と断言を聞いて、爆笑していた。本当に仲いいな。

でもセザール、私が先ほど『兄弟みたい』と言った時、ジャンはそれは嬉しそうに優しい目をしていたんだよ。あなたは気付いていなかったみたいだけどねと心の中でこっそり呟いてみた。

それからセザールによる兄の素晴らしさ自慢、ジャンによるセザールの幼少期の暴露話をいくつか聞かせてもらったりしたので、私も姉弟の自慢を語らせてもらった。

義弟がカッコよくしっかり者であること、こちらも幼少期には女の子に見える可愛らしさだったこと。それぞれの兄弟話は思いのほか盛り上がった。

話が少し落ち着き、はっと時間を確認すればそれなりの時間が経過していて驚いた。

「すみません。私、そろそろ失礼します」

いくらジャンに職場に連絡してもらっていても、そこは仕事中であることは変わらないので、お暇《いとま》させてもらうことにした。

「ああ、むしろ仕事中に引きとめて悪かったな」

そう言うセザールに、私も、

「いえ、こちらこそなんだか楽しくなってしまって話し込んでしまって、相手をさせてしまいすみませんでした」

そう言って頭を下げた。するとセザールはくしゃとした笑顔で、

「いや、こちらこそ久しぶりに楽しかった。ありがとう、明日も頼むぞ」

と言ってくれたので、私は胸をはって告げた。

「まかせてください」

これは今日の夜はしっかり予定を考えなくては。もちろん、約束のお菓子もたくさんいただきました。ああ、後でまた食べられるのが楽しみだ。

帰り道と言っても城の中なので何も問題ないのだけど、ジャンが『付き添います』とついてきてくれた。

そんな帰り道の途中で、

「今日はお仕事中にありがとうございます。明日の案内についても無理に頼んでしまい、申し

訳ありません」

ジャンが先ほどのセザールと同じようにそんなことを言って、おまけに頭までしっかり下げてきたので、私はあわあわしてしまう。

「あの、私もお菓子をたくさんいただいて、お話も楽しかったのでつい長くなってしまってすみません。それから案内も私自身も楽しみなので気にしないでください」

手と首を左右にぶんぶん振りながら必死にそう言うとジャンはクスリと笑った。

「ありがとうございます。クラエス様はやはり素晴らしい方ですね。我が主の趣味は確かだったようですね」

「いえいえ、そんなこと……ん、我が主の趣味？」

「そこは気にしないでもらって大丈夫です。それよりクラエス様とお話できたお陰でセザール様に久しぶりに笑顔がみられました。最近は張りつめすぎて常に眉間に皺が寄っている状態だったので心配していたのです。ありがとうございます」

「そうなんですね。ご本人が言っていたとおり、本当にだいぶ気を張っていたんですね。セザールさんかなり真面目そうですものね」

うんうんと私がそう言うと、ジャンはなんだか驚いた顔になった。そして、

「そうなんですよ。セザール様はそうは見えないように振舞っていますが、すごく真面目な方なんです。先ほどの『休んだほうがいい』という発言の時から感じていましたが、クラエス様はセザール様の本質を見抜いていてらっしゃるんですね」

そんな大層な発言をしたものだから、また焦ってしまう。

「いえいえ、本質を見抜くとかそんな大層なことじゃなくて、なんとなくそう思っただけですから」

「その、なんとなく気付いてくださるのがすごいことなのですけどね」

ジャンは苦笑を浮かべ、続けた。

「それから、クラエス様のお陰でようやくセザール様に休みをとってもらえそうです。本当にありがとうございます」

ジャンがあまりにもありがたそうに言うので、

「もしかして、こちらに来てから初めての休みですか？」

そう聞いてみると、

「はい。こちらに来てから一日たりとも休まれず、ずっと見学予定をびっしりと入れていらしたので、明日が初めての休みになります。先ほどの休憩もクラエス様がいなければまた少しの間でも別の仕事の見学へと行かれたかもしれません。こんなに根を詰めてはクラエス様がおっしゃったように倒れてしまいます」

ジャンが困った顔でそう言った。

そんなに根を詰めていたとは、それはジャンも心配するわけだ。

それにそんな調子ということはもしかしたら、

「あの、それだとエティエネルでも同じような感じだったんですか？」

と聞けば、ジャンは苦笑して肯定した。

「ええ、まさにその通りです。少しも休むことなく、いくつも仕事を抱えて走り回っておられました。陛下も気にかけて休むように声をかけてくださるんですが、そうすると今度は陛下に隠れて仕事する始末で、もうどうしようもなくて、これはもう少しエテェネルから出した方が休めるのではないかと陛下が提案してくださって、この留学となった次第もあります」

なんとそこまでワーカーホリックだったとは！　真面目な人だなと感じたけど、そこまでとは思わなかった。

「ソルシエにくれば当面の仕事はないですし、少しは休んでくださるかと思ったのですが、今度はソルシエの仕事を学ぶことに必死になられてしまって、もちろん学んで祖国に持ち帰るのも大事ですが、まずはセザール様の身体を休めて欲しいと陛下もおっしゃっていたのに……」

ジャンが憂い顔になりながらそう語った。

「それでジャンさんはセザール様に休んでもらおうと私を誘ったのですね」

「そうです。少しでもセザール様に休んでほしくて、クラエス様には強引にことを進めてしまい、申し訳ありませんでした」

「いえいえ。それは先ほども言いましたけど問題ありません」

私も楽しみですからね。それよりも、

「ジャンさんはセザール様を本当に大切に思われているのですね」

そう言うとジャンさんは驚いた顔をした。

突然、どうしたと思ったのかもしれない。だから私は続けた。

「ジャンさんは終始、セザール様のことを考えて行動していますよね。私に話しかけてきたのも、ガイドに誘う時も、下手《へた》をしたら不敬で処罰されるかもしれないことをわかっていて、それでもセザール様のためにとされたのでしょう？」

正直、従者でありながら話に入ってきたりしたのはただセザールとすごく仲がいいからかなと単純に思っていた。

でもその後のガイドを頼んできた時とか、よく見ると私の様子をうかがっているようだなと気付いた。なんでだろうと考え、そうか私がこの件で怒ったり気分を害したりしないか見ているのだなと気が付いた。

慣れ親しんだメイドや使用人たちならば私をわかっているけど、ジャンと私は今日がほぼ初対面。貴族の矜持《きょうじ》が高い者ならばジャンのとった態度を不敬だと罰する者もいるだろう。

そうなる可能性を考えながらも、セザールのためにと動いている彼はきっと本当にセザールのことが大切なのだと思ったのだ。

私の言葉にジャンは目をぱちくりした。そして、

「気づいていらっしゃったのですね。大変失礼しました」

頭を下げてきたので、私が、

「いえ、その辺は気にしてないので頭をあげてください。ただ、ジャンさんは本当にセザール様を大切に思っているんだな、素敵だなと思っただけなので」

そのように言うと、ジャンはこれまで見せていたどこか作ったような表情ではなく、とても自然な感じのふんわりとした笑顔を見せた。もしかしたらこれがジャンの本来の姿なのかもしれない。

「クラエス様、あなたは本当に素敵な方ですね。失礼な態度をとった私にそんな言葉をくださるなんて……本当にあなたにはあの方を選んでほしい」

「?」

「いいえ、お気になさらないでください、すみません」

ジャンはそう言って、続けた。

「クラエス様がおっしゃる通り、私にとってセザール様は主であるということを除いても、とても大切な存在なのです」

そしてジャンはいい記憶を思い出すような和やかな表情を見せ語りはじめた。

「母に連れられて行ったその豪奢な屋敷の中で所在なさそうに佇《たたず》む小さなセザール様をはじめて見た時に、この子を守ってあげなければと強く思ったのです。それからセザール様は私にとても懐いてくださっていつも後ろにひっついてきてそれは可愛くて、元々、私は末っ子で兄たちに構われるばかりの立場だったこともあり、失礼なことではあるのですがセザール様を本当の弟のように思っていました。後宮を出るとおっしゃった時もすぐについて行くと決めて、ずっと近くで見守ってまいりました。たくさんの苦労も苦悩も見てきました。だからこそ幸せになって欲しいと強く願ってしまうのです」

そう言ったジャンは優しくてでもせつない目をしていた。願うけど、それが必ず叶《かな》うかわからず不安という感じなのかもしれない。

そりゃあ、真面目すぎて自国でも他国でも働き詰めで休まず無理する姿を見ていれば不安にもなるよね。

そんなジャンに私は、

「明日はしっかり休んでもらいますのでお任せください。それ以外でも働きすぎで休ませたい時は私も協力します！」

と宣言した。

ジャンはとても嬉しそうに微笑んだ。

気付けば門に到着し、

「ありがとうございます。セザール様をよろしくお願いします」

とジャンに頭を下げられた。

「はい。明日は任せてください」

私もそう言って頭を下げた。ジャンは笑って見送ってくれた。

しかし、ちょっとラーナに書類を届けに来ただけのはずが、だいぶ濃い時間を過ごすことになったな。

時間にすれば半日くらいのできごとなのに、なんだかけっこう疲れた。

ラーナの別の姿であるスザンナにソルシエができた頃に作られたのではないかと思われる闇

の魔法道具を返され、周りに気を付けるように言われて。

ポチがまたまた逃げ出して例の場所に行き、またあのジオルドたちの叔父さんに出会ってしまい、謎の言葉を発してしまい自分でも困惑して。

今度はセザールの滞在しているエリアに立ち入ってしまい、あれよあれよという間にお茶をすることになり、おまけに明日の休みにガイドをする約束をして。

うん、ざっと思い出しても本当に濃い半日だったな。

目下することと言えば、仕事場に戻りお菓子を配り、午後の仕事を頑張ろう。

でもその前に少しだけウトウトさせてもらおう。私は馬車の移動時間にプチお昼寝をさせてもらった。


魔法省に戻るとお昼休みになっていたようでけっこう人が出ていた。私はまず魔法道具研究室へと向かった。

ノックをして部屋に入れば、先輩方が思い思いにくつろいでいた。

そんな中、机でサンドイッチ的なものを摘《つ》まみながら書類に向かっていた多忙で頑張り屋のラファエル副部署長に、

「カタリナ・クラエス、戻りました」

と声をかけると、ラファエルはぱっと明るい表情になった。

「よかった。無事に帰ってこられたのですね。このまま他国に連れていかれるような事態になったらどうしようかと思っていたんです」

　ジャンからセザールとお茶をするという連絡がいったからだろうか、そんな冗談を言ってきたラファエルに、私は笑って、

「そんなことにはなりませんでしたけど、お土産にお菓子をたくさんいただいてきたので、よかったらどうぞ」

　そう言ってもらったエテェネルのお菓子を取り出して勧めた。

「わぁ、さすが、カタリナさんですね。本当にすごい。ではこちらを一ついただきます」

　ラファエルはそう言ってサンドイッチ的なものを置いてお菓子を手に取った。

「今のところ、エテェネルでしか作られていないお菓子だそうで、ソルシエのものとはまた違う感じなんですけど、すごく美味しいんですよ」

　私のその言葉にラファエルは見慣れぬお菓子をぱくりと口に入れ、

「本当だ。美味しいですね」

　と顔をほころばせた。

「じゃあ、少しお菓子休憩にしませんか？」

　書類とにらめっこしながらの休憩では疲れは取れないのではないかとそう提案してみれば、ラファエルは少しきょとんとして、それから、

「そうですね。じゃあ、そうさせてもらいましょうか」

とふんわりした笑顔を見せた。

それならとお茶も淹れてティータイムの準備をしようとすると、

「は〜い。お菓子と聞きつけてお茶の用意をしてきました」

ローラ先輩がお盆を片手に登場した。

準備が早すぎると一瞬、おののいたけど、よく見るとお盆にはお菓子もセットしてあるので、おそらく初めからラファエルをちゃんと休憩させようと準備していたのだろう。

「ローラ先輩ありがとうございます」

私のお礼に先輩は、

「こちらこそ、あの仕事中毒者を休憩させようとしてたところだから、ちょうどよかったわ」

と小声で告げてきた。やはり私の予想は当たっていたようだ。

「でも、無事にカタリナ嬢が帰ってきてよかったわ。遅いから本当に攫われたのではないかと思ってラファエルに確認したのよ。王子様とお茶なんて素敵だけど、カタリナ嬢は可愛いから連れていかれちゃうんじゃないかと心配したのよ」

ローラ先輩が続けてラファエルと同じ冗談を言ってきた。

「ははは、その冗談はもう副部署長にいただきました」

私がそう返すと、ローラ先輩は頬をぷくりとして、

「もう、冗談じゃないのにね。ラファエル」

とラファエルも、

「そうですよ。気を付けてください」

なんて同意するもんだから、私は、

「ご心配かけてすみません」

と謝った。

うちの先輩方が過保護であと親ばかならぬ後輩ばかな可能性がでてきたが、でも今日はジェフリーたちにも気を付けるように言われたこともあり私は素直に忠告を聞こうと思った。

さてそんなこんなで異国のお菓子とお茶が用意されると、その辺で思いおもいに休憩を取っていた他の先輩方もなんやかんやと集まってきた。

「おお、見たことのない菓子だな。そこはかとなく強そうだ」

「珍しい形ですね」

「このふりふりした美しい感じ、僕に似合う菓子だな」

皆、それぞれなことを言って菓子に手を伸ばしていた。

エテェネルのお菓子は皆に好評であっという間になくなってしまった。

今日、外で仕事のソラや、お休みのハート先輩にも食べてほしかったのだけど残念だ。

しばらくして、休み時間が終わったのでいつも通り午後からはマリアと並んで、睡魔と戦いながら『闇の契約書』の解読に勤《いそ》しんだ。

今日、スザンナに返された闇の魔法道具は建国の頃のものだということだったけど、この『闇の契約の書』はいつ頃のものなのだろう。

どちらもそれほど古い感じはしないのだけど、それも闇の魔法のせいなんだろうか。
今回のことで闇の魔法というものへの謎がまた深まったように感じた。
そしてなんとか解読を少しだけ進め、マリアと別れ、帰宅の途についた。

第三章　セザールと観光

魔法省からクラエス家に帰ってきて支度を整え、私は明日について考え始めた。

諸事情により、セザールたちのガイドを引き受けてしまったわけだけど、果たして私にちゃんとできるだろうか。思えば今まで人をガイドしたことなどなかった。

部署の迷子体質ハート先輩のようにすごい方向音痴とかではないので、そこまで道を間違えたりすることはないけど、だからといって道に詳しいわけでもないので、迷う可能性はある。

それからお勧めの店じたいは今日話した通り、たくさんあれど、明日一日でとなるといける数も限られる。どこに連れて行けばセザールたちが喜んでくれるだろうか。

これがよく町に繰り出すいつものメンバーならば、長い付き合いで趣味もわかっているから楽なんだけど、セザールたちについては趣味や好きなものもわからないから迷うところだ。

こんなことなら、今日、兄弟話ばかりに花を咲かせずにもっと趣味とかの話も聞いておくべきだった。

これが前世ならば、気軽にスマホとかで質問したりできるんだけど、そうもいかないからな。かといって今から手紙を出して聞いてみるというのも現実的ではない。

なかなか考えはまとまらないが、このままでは夜が更けてしまうので、ざっと楽しめてそれでいてセザールの興味も引けそうなところをいくつかまとめる。あと絶対に無理させないようにしないと、あくまで楽しめて休暇になる感じにしなくては。

ベッドに入ると、今日は特に濃い一日を過ごしたからかすぐにウトウトしてきた。


朝になり窓から暖かい日差しが差し込んできて私は目を覚ました……となりたかったんだけど、いつも通り自力では起きられずアンに起こしてもらう。とりあえず布団を引っ剥がされないうちに起きることができたので上出来な方だ。

寝ぼけまなこでアンに支度を整えてもらい、準備してもらっていた馬車で待ち合わせ場所まで向かう。

馬車へと向かう途中でキースと少し話した。

「義姉《ねえ》さんは今日も街の散策？」

「今日は観光のガイドよ」

「えっ、観光のガイド、誰《だれ》と？」

「あ〜、エテエネルの人よ」

「エテエネルの人ってまさか、今、留学している王子!?」

お忍びだって言ってたので一応、濁したら、
いきなり正解を言い当てられた。

「そうなんだけど、一応、お忍びだから内緒ね」

「なんでエテェネルの王子のお忍びのガイドを義姉さんが！　ちょっとどうなってるの？」

「う～ん、なりゆきかな。もう、時間がないからまた帰ってきてから話すね」

「嘘《うそ》でしょう義姉さん、それだけの情報でおいてかれて、気になりすぎるんだけど！」

と叫ぶ義弟を置き去りにした。時間なかったからね。

ちなみに、お城まで迎えに行ってもよかったんだけど、お城から堂々と出ると護衛もたくさんになって、お忍びとはいかず、色々と大変だということで街の外れで待ち合わせということになった。


待ち合わせの場所に着いて馬車から降りて周りをキョロキョロしていると、
後ろから軽快な声をかけられた。

「よぉ」

振り返ると、国の交流会で、お城の庭で会った時と同じ使用人のような服装をしたセザールが手を上げて立っていた。

前にこの姿で会っているからわかったけど、昨日のエテェネルの王子様姿と同じ人物とはとても思えない。

「今日はその服装なんですね」

「ああ、お忍びだから、一使用人ってことでな」

そこでふと気付く、

「あれ、ジャンさんはどこですか？」

確かセザールとジャンで観光をという話だったのだけど、頼んできた肝心のジャンの姿があたりに見当たらずそう聞いてみると、セザールはどこかバツの悪そうな顔になった。

「あ〜、ジャンは急遽《きゅうきょ》、用ができちまったみたいで、こられなくなっちまったんだ。ということで二人になっちまうから、もし無理なら……」

「そうなんですか、残念ですね。じゃあ、お土産《みやげ》をたくさん買ってあげましょう」

「はぁ？　え、お前、二人きりになるが、いいのか？」

「えっ、セザールさんは嫌なんですか？」

城の庭ではさんざん二人で話したのに。

「いや、俺《おれ》は嫌ではないが」

「あっ、もしかして危険じゃないかということですか？　ここはすごく治安がよいから大丈夫ですよ。それに私、こう見えて結構強い（使い魔がついている）んで安心してください」

ジェフリーから気を付けるように言われたこともあり、ポチを大きくできるラーナ作成の虫眼鏡的な魔法道具も持ち歩いているし、昨日もらった大昔に作られた闇《やみ》の魔法道具もお守りに持っている。そんな感じに守りの準備は取《と》りそろえているのだ。

しかし、胸をはってそう言った私にセザールは苦笑した。

「そこは俺も姿見て逃げ出す敵もいたくらいに実力があるから問題ない」

ああ、そうだった。セザールは元傭兵《ようへい》ですごい強いんだった。

「じゃあ、大丈夫ですね」

そう言うとセザールはなんとも言えない顔をした。そしてぼそりと、

「なんだかお前の周りの苦労がわかった気がする」

と何やら呟《つぶや》いたけど、小さい声で聞こえなかった。聞き返そうとすると、

「しかし、今日はせっかくの機会なんで、一緒に過ごさせてもらおう。よろしくな」

にっとしてそう言われたので、

「はい。精一杯、案内させてもらいます」

とぴしりと返すと、

「今日の俺は一使用人なんでかしこまらないでくれよ」

そう言われたので、

「うん。そうしますね」

少しだけ砕けた感じにした。

そんな感じでセザールとの観光をスタートさせ、まずやってきたのは——。

「おお、これがこの街で一番、大きい本屋か」

セザールが楽しそうにそう言って建物を見上げる。

そうまずセザールを連れてきたのはこの街で一番、大きい本屋さんである。

品揃えも豊富でロマンス小説の新刊の入荷も早く、私たち愛用の本屋さんなのだ。

セザールが『色々学びたい』と言っていたので、とりあえず勉強＝本という安易な考えで連れてきたけど、セザールも楽しそうな様子を見せているのでよかった。

「物語はもちろん、農業関係の本もすごく充実しているんですよ」

私が張り切ってそう告げるとセザールは少し眉《まゆ》を寄せた。

「農業関係の本って、お嬢様がなんで農業関係の本を見る必要があるんだ？」

あっ、そうか、セザールには畑をやっていることは少しさらりと話しただけで、くわしくは説明していなかったな。ということでざっと説明すると、聞き終わったセザールはぶっと噴き出して爆笑した。お腹《なか》を押さえてすごく笑っている。美青年の大爆笑に周りの視線が集まる。

しかし『趣味、畑づくりで、休日は作業着で畑作業に精を出している』ってそこまで笑える要素があるかしら？　むしろ身体《からだ》を動かして健康にもいいし、野菜も育って食べられるし、いいことずくめの趣味だと思うんだけど。

そのようなことを笑うセザールに言うと、さらに笑った。

う〜ん、セザールの笑いのツボがわからない。

ようやく笑い終えたセザールが、

「いやいや、趣味としては悪いもんじゃないと思うんだが、令嬢が、それもあんたほどの身分の奴《やつ》が作業着を着て畑作業していると思うとそれだけで面白くてな。おまけに楽しそうにしている姿が簡単に想像できるからまたそれも可笑《おか》しくて」

そんな風に言った。

どうやら趣味が可笑しかったというより、公爵令嬢が畑仕事というのがツボったようだ。

まぁ、そのあたりはたびたび驚かれることもあるからな。

「ん〜と、それで話がそれてしまったのですけど、とにかく色んな種類の本があるので勉強になると思います」

私が拳《こぶし》を握ってそう宣言すると、セザールは一瞬、ポカーンとした後、

「そうか、勉強になるか、それでここに連れてきてくれたんだな。ありがとう」

八重歯を見せてにかっと笑ってそう言った。

セザールのその言葉に今日の観光について色々と迷った私はほっとした。

それからすごくご機嫌な感じのセザールと私は本屋に入り、色んな本を見て回った。

今まで、私はだいたい同じ種類の本ばかり（農業とロマンス小説くらい）しか見ていなかったので、セザールが興味を示した今までにない分野の本も物珍しくて興味を惹かれた。

友人たちとロマンス小説を吟味して歩くのとはまた違う楽しさがあって、時間はあっという間に過ぎてしまった。

『ぐぅぅぅ』

欲望に忠実な私のお腹がそんな音をたてたところで、セザールが笑って何か食べに行こうと言ってくれたのでお勧めしようと思っていたご飯屋さんに足を運ぶことにした。

身分を隠してよく行くその店は、前世にあった街の小さなレストランみたいでお気に入りで、料理もなんだか懐かしい味がするのだ。

王族が行くようなお店ではないのだけど、そういう気遣いはいいということだったので案内させてもらった。でも内心、少しだけドキドキしていたのだけど、

「うまい。ここの料理は本当にうまいな」

セザールが笑顔でそう言ってくれたので、ほっとした。

「そうなんです。ここは私のすごいお気に入りでよく食べにくるんです」

嬉しくなってそう言うとセザールはまた笑顔になった。

「そうか、そんなお気に入りの店に連れてきてくれたんだな。ありがとう」

今日のセザールはよく笑う。それも王子様のスマイルでなくて自然で楽しそうな笑みを浮かべる。そんなセザールにつられて私も自然と笑顔になっていく。

ガイドは私だけど、セザールのエスコートというかお兄ちゃん力はすごくて、いつの間にかさらっとお会計したり、露店でおやつをかってくれたりと頼もしい。

「セザールさんって頼れるお兄ちゃんみたいですね」

と思わず漏らすと、セザールは、

「そうか、俺は上にかまわれることが多かったからそんな風に言われたことないな」

と答え、

「頼れる兄か、なんか新鮮でいいな。それ」

そう言ってにやりと笑った。

その顔は兄というよりいたずらを思いついたやんちゃぼうずという感じだったけど、あえて

言わないでおいた。

食事がすんだ後、私が『農家に農業を学びにいく』という話にくいついたセザールの希望で農地を見にいくことになった。色々な仕事の見学をしているというセザールだったが、農地の見学はまだだったようだ。

馬車に乗って街から一番近い農地に行き許可を得て畑を見せてもらう。

一面に広がる大きな畑は実り豊かで素晴らしかった。私もいつかはこんな畑を作り上げてみたいものだ。

特に一面に金色の穂をつけた畑はとても美しかった。

「綺麗《きれい》ですね。金色の海みたい。あっ、セザールさんの瞳《ひとみ》みたいでもありますね」

セザールはこのあたりではほとんど見ない金色の瞳をしているのだ。ただ珍しいので怖がられるからと普段は黒いガラスを目に入れている。交流会で一度だけ見せてもらったけど、それは綺麗だったのだ。

私の言葉にセザールは苦笑を浮かべた。

「俺の目はこんなに綺麗ではないだろう。皆に恐れられてきた目だぞ」

「そんなことないですよ。キラキラしてすごく綺麗でしたよ！」

私が勢いよくそう言い切ると、セザールは少しきょとんとして、それから、

「……そうか」

と少しだけ口角を上げた。

そうしてしばし二人で金色の畑を見ていると、セザールがぽつりと呟いた。

「エテェネルはまだまだ争いで焼けた土地ばかりで、ろくに作物が育たないところばかりだ。早くこの国のようになるといいのだが」

セザールの国、エテェネルはセザールの兄である現国王が即位するまで国がだいぶ荒れていたらしい。国のそこらじゅうで内戦が繰り広げられていたのだという。

争いは土地を荒らしてしまう。そして一度、荒らされた土地はすぐにはもとのようにはならない。

私はなんと返していいのかわからずただ黙って隣で一緒に畑を見つめた。

やがてセザールは何かを振り切るように、畑について質問をしたいと農家の人達の元へ向かった。

農家の人達は親切に色々と教えてくれて、私たちはしっかりお礼をして馬車に乗り込んだ。

なんだかせっかくの休暇なのに、セザールにまた仕事をさせてしまったのではないかと気になったけど、セザールが楽しそうにしているのでよしとさせてもらおう。

馬車の窓に流れる豊かな畑の風景を目にしながら、セザールが『できれば次にソルシエの孤児院のような場所に行ってみたい』とリクエストしてきた。

エテェネルでは先の内乱で親をなくした孤児が多く、今までほとんど存在していなかった孤児院を新たに作っている途中なのだという。その参考のために見ておきたいという。

そういえばソラの幼い頃の友人であるアルノーもできたばかりの孤児院に勤め始めたと聞い

ていた。

またまた仕事関係になるなと思いつつ、セザールの強い希望もあり、私はサイラスが野菜を配る関係で通うようになった孤児院にセザールを案内することにした。


サイラスたちと訪れたこの孤児院には、あれから何度かお邪魔していたので、私が着くと先生も子どもたちもにこやかに迎えてくれた。

またここの子どもたちはわりと訪問者に慣れていて、人見知りしないため一緒にきたセザールにも興味津々だ。

特におませな女の子たちなんかはワイルド系の美青年に目をキラキラさせて質問していて実に可愛《かわい》らしい。

私の方はというと、

「カタリナお姉ちゃん遊ぼう」「鬼ごっこしよう」「かくれんぼしよう」

と幼稚園くらいのちびちゃんたちに囲まれている。

基本的に子どもに勉強を教えたりはできない私はもっぱらここに来るとちびちゃんたちとの遊び担当なので、ちびちゃんたちにモテモテなのだ。

これはこれでとても嬉《うれ》しいが、友人である美女たちが来るとおませな男の子たちがちょっと身なりを気にしながらちらちら見ているのに対し、私には、

「カタリナ姉ちゃん、お土産は？」

と一番に聞いて、お土産を渡すとさっさと立ち去っていくのは少し寂しいものがある。

決してモテたいわけではないが、それでも友人との差が大きいのがせつない。

ただそんな中の例外として、

「こらチビども、カタリナ姉ちゃん来たばかりだろう。遊ぶにしても少し休んでもらってからにしろよ」

そう声をかけてくれたのは元家出常習犯少年のリアムである。

サイラスと一緒に来た頃は荒《すさ》んでいて、態度も口調もひどい少年だったけど、今ではまるでつきものが落ちたように真面目《まじめ》になり、学習にも奉仕活動にも積極的ないいお兄さんになったという。

そんなリアムだけは私からお土産だけ奪い去っていくことなく、

「食堂で少し休めば、茶くらいだすぞ」

なんて言ってくれるのだ。本当に気遣いができる男になって、前の荒れている時を知っている身としては嬉しいかぎりだ。

「リアムがお茶を淹《い》れてくれるの？」

「俺だってそれくらいできるから。あ～、でもお嬢様が満足できるようなちゃんとしたのは淹れられないけど」

リアムはというか院長先生以外の人たちは私（と友人たち）は、そこそこの商家のお嬢さんなどだと思っており、私もそれを否定していない。

貴族だと名乗ると皆、緊張して壁ができてしまいそうだからだ。

なので、セザールのことも本人の許可を得て、他国の商家の知り合いということで紹介している。

「私のために淹れてくれるお茶にちゃんとしたもちゃんとしないもないわよ。ただうんと苦かったりしたらリアムに吹きかけちゃうかもだけど」

後ろの方は冗談でにやりとしてそう告げれば、一瞬、きょとんとしたリアムは、

「うんと苦くして、吹きかけられる前に逃げてやる」

とにやりとして返してきた。こういうちょっとひねくれた感じのところは前のままだ。でもそんな感じもらしくて可愛い。

では食堂でお茶をごちそうになろうということで、セザールにも声をかける。連れてきた身として一人残してはいけないものね。

「セザールさんのお茶は私が淹れます」

なんておませな女子がきゃあきゃあとついてくる。モテる男は大変だね。

私の方はちびちゃんたちに、

「お茶をもらってくるね」

と告げ、

「お茶がおわったら遊ぼうね」

と見送られた。

そして何度かきている孤児院の食堂に案内され、席につく。

他《ほか》にも何人かの子が座ってお茶を飲みながら楽しそうに話をしていた。

そんな子どもたちを横目にセザールはもの珍しそうに周りを眺め、

「立派な施設だな」

と私に告げた。

「貴族からの寄付が結構あって設備もしっかりしているらしいです」

私は以前に孤児院の先生たちに聞いた話をした。

「ソルシエ貴族はそんなに孤児院に寄付をするのか？」

セザールは少し驚いた顔をした。

「義務のようなものだそうですね。仕事の予算で寄付分を組むと聞きました」

これはお父様に聞いた話だ。

「そうか、ソルシエではそういう体制ができあがっているんだな」

セザールが感心したように言った。

しばらくそんな風に話していると、リアムと女の子たちがお盆を持って調理場の方から出てきた。

お盆にはお茶のカップとそれから小さなお皿に入ったクッキーがのっていた。

なんとお茶だけでなくて、お菓子まで用意してくれたようだ。

「お菓子まで、そんなに気を遣わなくてもいいのに」

そう言った私にリアムが隣にいた女の子を指さして言った。

「こいつが外の人にも味見して欲しいんだって」

指さされた女の子は恥ずかしそうにぺこりと頭を下げた。

リアムと同じ年、小学校中学年くらいのおとなしそうな子だ。

女の子はちょっともじもじしつつ、

「いま、マリアお姉ちゃんに教わってお菓子づくりを練習しているんです。ここの皆は美味《おい》しいって言ってくれるんだけど、他の人にも感想を聞きたくて」

そんな風に言った。そこにリアムが、

「こいつは、もともと菓子作りをしたりしてたんだけど、マリア姉ちゃんに教えてもらってからすごい上達してさ。俺たちはもう店に出せるくらいじゃないかなと思ってるんだ」

と我がことのように誇らしげにそう言うと女の子は頬《ほお》を赤くしてうつむいた。

あらあら、リアムったら気遣いができるようになって、人気も出てきているみたい。

「そうなんだね。マリアに教わっているなら百人力ね」

なんせマリアは、その辺のお菓子店では及ばないほどの美味なお菓子を作るプロなのだから。

「マリアとは、もしかして光の魔力保持、マリア・キャンベルのことか？」

私たちの会話を聞いて、セザールがこっそりとそう聞いてきた。

「あっ、そうですよ。セザールさん、マリアのこと知ってたんですね」

「そりゃあ、有名だからな。実際に面識はないがな」

そうかセザールとマリアはまだ面識がないんだ。

ゲームなら交流会で出会っているはずだったけど、私が邪魔しちゃったのかも。というか今日のこの観光ももしかしたらゲームのイベントだったのに、私が横取りしちゃったとかかもしれない。そうなると本当に邪魔していて悪役っぽいな。ちょっと気を付けた方がいいかもしれない。

しかし、セザールもサイラスやデューイのようにマリアに出会ったら恋に落ちるのかしら？と今それを考えても仕方ない。

せっかくリアムが淹れてくれたお茶が冷めてしまうわ。

「じゃあ、いただきます」

私はそう言ってまず喉を潤すべくお茶を飲んだ。

口ではあんなことを言っていたけど、もちろんリアムの淹れてくれたお茶は美味しかった。渇いていた喉がすっーっと潤っていく。

「うん。すごく美味しい。ありがとう。リアム」

そう言うとリアムの口角がきゅっと上がった。

続いてマリアの教えを受けた女の子のお菓子をいただく。

見た目はシンプルなクッキーだけど、口にいれると、絶妙なサクサク感に口に広がる香ばしく甘い味、これは——。

「すごく美味しい。これは確かにお店で出せるわ。しかも絶対に人気商品になるわ！」

私が思わず中腰になりそう叫ぶように言うと、お菓子を作ったという女の子の顔がぱっと花が咲いたように明るくなった。

「おお、お嬢様のお墨付きになったぞ。これなら余裕で菓子屋に就職できるな」

リアムが笑顔で女の子にそう言うと、彼女はまた頬を赤くした。

うん、これはもう確実にリアムに惚《ほ》れているな。子どもたちの可愛らしい恋模様にお姉さんはほっこりしてしまう。

「うん。本当に美味しかったから、どこのお菓子屋さんでもすぐ採用だよ」

私もそう言うと、女の子は少し照れ臭そうに、

「ありがとうございます」

と頭を下げた。

すると、ここまでの話を聞いていたらしい他に食堂にいた子たちも、

「私は本格的な裁縫《さいほう》を習って、将来は服屋になりたいわ」

「僕は学問が好きだから学者がいいな」

「俺は剣を教えてもらって騎士になるんだ」

そんな風にそれぞれが、なりたいものを語り出した。

うん。いいな。夢がある若者たちは、応援したくなるね。すっかり近所のおばちゃん目線で子どもたちを見ていると、

「ここでは学問だけでなく、様々なものを教えているのだな」

セザールが感心したというようにそう言った。

「はい。成人を迎えたら独《ひと》り立《だ》ちできるように学問はもちろん、一人暮らしができるように料理や裁縫なんかも簡単なものを教えてくれるんだそうです。それからたまに訪問して色んなものを教えてくれる人もいて、そこでさらに深く学べる感じみたいです」

私は院長に聞いた話をそのまま話した。

「それはすごいな。孤児であっても学びを深め、夢を持つこともできるんだな」

セザールは目を細め、まるで眩《まぶ》しいものを見るような顔でそう言った。

その表情の意味が気になり、聞いてみればエテェネルの孤児院では、日々、子どもたちの生活の面倒を見るだけで精一杯で、ちゃんと学問を教えるのも難しいような状態らしい。

つい最近までろくに国が機能していなかったエテェネルと、長い平和のなかで色んなことがどんどんと発展してきたソルシエではその状況に大きな違いが出るということはセザールも理解しているようだけど、それでも自国の状態が歯がゆくてしかたがないようだ。

「どうしたらエテェネルの民がもっと幸せに暮らせるようになるのだろうか」

苦しそうな顔でそう呟いたセザール。

セザールは本当に自国を、そこに暮らす人のことを考えているのだな。だから休む暇なく働いて、異国に来ても必死に学ぼうとするのだろう。

素晴らしいことだけど、その自分の身を削るような姿勢が心配になる。ジャンや国王様の気持ちがわかる気がする。

　それにしても、『どうしたらエテェネルの人たちがもっと幸せに暮らせるようになるのか』なんて私にはとてもわからないような難しい問題だ。

　だけど一つだけ言いたいことができてしまった。それは――。

「そういうことはセザールさんがここで、一人で考えこんでもしかたないことだと思います。国に帰ってお兄さんである国王陛下や信頼おける方々に話をして、皆で話し合って考えていけばいいと思います。セザールさん、一人で抱え込む案件ではないはずです」

　私がきっぱりそう言うと、セザールは目を丸くしてしばし固まり、その後ふっと笑った。

「そうだな。俺が一人で考えてどうにかできるもんでもないな。お前の言う通りに国に戻って相談してみよう」

「ぜひ、そうしてください。一人で色々と考えすぎると間違うことも多いと思うので」

　だから一人で無理しすぎるのは禁物ですよ。お休みもしっかりとってねという思いも混ぜてそう言うと、セザールは、

「そうだな。助言、ありがとう」

　とほほ笑んで頷《うなず》いた。

　まさかこんなに素直に受け止めてお礼まで言われるとは思っていなかったので私は慌てて手を横に振った。

「いえいえ。そんな助言とかでなくて、ちょっと思ったことを言ったまでで……」

なんていうかセザールって心の広い人だな。こんな異国の小娘がちょこっと言った発言にこんな風に返せるなんて。

私がそんな風にセザールに感心していると、

「なぁ、兄ちゃん、エテェネルの人なの？」

私たちの話が聞こえたらしいリアムがセザールを見つめてそんな風に聞いてきた。

そんなリアムにセザールは穏やかな顔で、

「ああ、そうだ」

と頷いた。

「そうなんだ。俺もここに来る前はエテェネルにいたんだ。兄ちゃんは今もエテェネルにいるのか？」

「そうか、お前はエテェネル出身なのか。俺は今、仕事でここにきているだけで、またエテェネルに戻る予定だ」

「へぇ～、エテェネルは今、どんな感じなの？　戦争は終わったのか？」

リアムのその言葉にセザールの顔が少し曇《くも》った気がしたが、リアムに悟られないようにか同じような声音で返す。

「続いていた戦争は完全にとはいかないが、ほとんどなくなった。今は復興のために動いているところのようだ」

その話を聞いてリアムの表情がぱっと明るくなった。そして、

「そっか、なら盗賊とかも減ったよな。父ちゃんが戦争が続くから盗賊がたくさんでるんだって言ってたからな」

そんな風に言った。セザールはそれを受け、

「そうだな。戦争に便乗したり、戦争ですべてを失ったものが生きるために盗賊になったりしてどんどんと増えていたからな。今はそうして被害も減っているはずだ」

「ならよかった。俺みたいになっちゃう奴《やつ》は減ったんだな」

リアムが嬉しそうに言う。そうだ確かリアムの両親はそうした盗賊に命を取られてしまったと聞いていた。

セザールもリアムの発言から気付いたらしく、

「その、お前の親は……もしかして盗賊に？」

と遠慮がちに口にした。

「ああ、父ちゃん、母ちゃん、兄ちゃん、姉ちゃん、それから住んでた村も全部やられちまった。俺だけ皆に庇《かば》われて生き残って、スラムで動物みたいに生きてたら、つかまっていろいろあってこの国に連れてこられたんだ」

リアムは淡々とした様子でそう話した。

はじめこそこの話を話すことにつらさを覚えていたと聞いたけど、今はそうしたものは感じなくなってきたのだという。理由を聞くと『もう前を向いて生きると決めたからだ』と教えてくれた。こんなに小さいのにリアムは強い子なんだ。

だが話を聞いたセザールの方は顔を曇らせ、眉を寄せた。そして、

「すまなかった」

そう言うと深々とリアムに頭を下げたので、リアムの方は目を見開き驚いている。

「えっ、なんで兄ちゃんが謝るんだよ」

そりゃあそうだよね。

たぶんセザールは『エテェネルの王族』として謝罪をしてしまったのだろうけど、私たちは今『商人』、セザールはエテェネルの商人なのだ。

リアムの言葉にセザールははっとして、身分を明かしていないことを思い出したのか、やや思案して、

「エテェネルの大人《おとな》としての謝罪だ。お前たち子どもを守ってやれなかった」

と口にした。

それを受けてリアムは歯を見せてにっとした。

「そんなの大人だからどうにかできるもんでもないでしょ。いらないよそんなの。それよりこれからのエテェネルをよくできるように頑張ってよ。俺みたいな奴が増えないようにさ」

セザールはリアムのその言葉を噛《か》みしめるように少し目を伏せた。

「ああ、精一杯頑張らせてもらう。ありがとう」

そこでセザールは一度、言葉を切り、

「お前はこのままずっとソルシエで暮らすのか？」

そうリアムに問いかけた。

ただ問いかけておきながらその顔はすでに答えはわかっているという風だった。

きっとセザールはリアムが『そうだ』と答えると思っているのだろう。でも私は前にリアムに聞いているから知っているのだ。

「いいや、成人してある程度、金を貯《た》めたらエテェネルに戻ってみるつもりだ」

リアムがきっぱりとそう言ったのを聞いて、今度はセザールが驚いた顔になる。

「なぜ戻るんだ？　ソルシエの方が豊かで暮らしやすいだろう」

「あ〜、それはそうだと思うけど、俺、村が焼かれて逃げだして、そのまま育った場所に戻ってないからちゃんと自分の目で確かめておきたくて」

リアムが鼻の頭をかきながらそんな風に言うのを、セザールはじっと聞いていた。

「それに新しくエテェネルの王様になった人はエテェネルをよい国にしようと頑張ってるって教えてもらった。なら俺が行く頃にはきっとエテェネルは前よりいい国になってるんじゃないかな。俺はそこでソルシエで教わったことを生かして、エテェネルがもっともっといい国になるような仕事をしたいんだ。それが今の俺の夢」

そう言うとリアムは照れ臭そうにへへっと笑った。

しばらく前、私が出会った頃は荒れていたリアムは勉強をはじめてから本当に変わった。

まるでカラカラのスポンジが水を吸い取るみたいにどんどんどんどん賢くなって、視野も広くなっていって、少し前に来た時に今と同じようなことを聞かせてくれたんだ。

ただそれが『夢』というものになったのは今日はじめて聞いたので、すごく嬉しくなった。

「夢ができてよかったね」

と思わず微笑《ほほえ》んで言ってしまった私に、リアムは照れくさそうに、

「まぁ、今んところはな」

なんて返してきた。

そこでセザールから反応がないことに気が付き、黙ったままのセザールに目をやると、彼は何かをぐっと耐えるような表情で上の方を見つめていた。

え～と、何を我慢しているんだろう。よく見ると、少しだけ目が潤んでいるように見えた。

えっ、これはまさか泣きそうなのを我慢している。そう思うと上の方を見ているのも頷ける。涙が溜《た》まって流れないようにしているのかもしれない。

この話の流れから悲しいとか悔しいとかはないと思う。ならばきっと涙が溜まってきそうな理由は嬉しいからだと思う。むしろそうだといい。

そんなセザールの気持ちの変化に初対面のリアムが気付くはずはなく、黙ったままのセザールを不思議そうに見て声をかけた。

「兄ちゃんどうしたんだ?」

その声にセザールは気持ちを切り替えたようで、リアムをしっかり見つめなおした。

「いや、お前の言葉が嬉しくてな。お前のような者がいてくれるならこれからエテェネルはもっともっといい国になる。俺も精一杯、頑張らせてもらおう」

やっぱりセザールはリアムの言葉が嬉しかったようだ。よかった。

リアムはセザールの言葉にだいぶ照れくさそうにしながらも「ああ」と返していた。

そこからセザールとリアムはエテェネルの話を始めたので、私も聞いていようと思ったのだけど、女の子に声をかけられて「こっちこっち」と呼ばれた。

そちらに行くと先ほどセザールにくっついていた女の子たちがそろっていた。おしゃれにも気を遣っているようで、ちょっとおませな女の子たちという感じだ。

そんな彼女たちにわっと囲まれた。

ちびちゃんたちに囲まれることは多々あったけど、このくらいの年齢の子に囲まれたのははじめてだ。

「え〜と、どうしたの？」

こちらへ私を呼んだ女の子にそう尋ねると、

「カタリナお姉ちゃんはあのお兄さんとはどういう知り合いなの？」

と身を乗り出すように聞いてきた。

「えっ、え〜と、お友達かな」

まさか他国の王族で街をガイドしている関係だとは言えないのでそんな風に言うと、

「そうなのか。今日は二人きりできたから、彼が本命の恋人かと思ったわ」

なんてさらりと言うものだから、驚きすぎて口をポカーンと開けてしまった。

そのまま固まる私をしりめに少女たちは話を続ける。

「だから言ったでしょう。カタリナお姉ちゃんの恋人はジオルドお兄ちゃんなんだから、違うって」

「え～、恋人はキースお兄ちゃんでしょう」

「キースお兄ちゃんは姉弟だって言ってたじゃない」

「ううん、追及したら義理の姉だって言ってたわ。なら秘密の恋人もありよ」

「だったらアランお兄ちゃんがそうかもしれないじゃない」

「ニコルお兄ちゃんはどうなの？」

きゃあきゃあと少女たちはとても楽しそうだけど、こちらとしては居たたまれない気持ちになる。

まさか義弟や友人たちとの仲をそんな風に見られていたとは、最近の女の子は本当にませている。

「でも、ジオルドお兄ちゃんは絶対にカタリナお姉ちゃんが好きよね」

「それならキースお兄ちゃんだって」

少女たちはそう言うと、私に目を向けた。

うう、その話題は私がまだ取り組んでいないもので、すごく微妙な時期なのよ。

そもそも私自身がずっと気付いていなかったのに、なんでここの女の子たちはこんなに聡いのよ。今どきの子はどうなっているの。

「ねぇ、カタリナお姉ちゃんは誰が好きなの？」

「誰かに告白とかされたの？」

そう言ってたくさんのキラキラした少女たちの目を向けられて、私は――。

「あっ、待ってよ！」

「逃げたわ！」

全力で逃げ出した。

なんだかこのおませな少女たちに私では対応できるとは思えなくて食堂から飛び出し、そのまま外まで逃げた。

大人としてやや恥ずかしい気がしないでもないが、他に彼女たちの赤裸々な質問を回避する方法が思いつかなかったのだから仕方がない。

さすがに少女たちも外まで追ってこなかったとほっとして庭のあたりを見ればちびちゃんたちが鬼ごっこをしているようだ。

やはり私にはこのくらいの年齢のちびちゃんたちが一番、合っている。育ってきた子たちにはすでに太刀打ちできない。

「私も入れて」

とちびちゃんたちのところへ行くとわっと皆が寄ってきて笑顔になる。

「お茶は終わったの？」

「鬼ごっこしてたんだ」

「私は一度も捕まってないんだよ」

口々に一生懸命に話しかけてくる姿が実に可愛らしい。

「お茶は終わったから私も一緒に遊んでいい？」

「「「　いいよ　」」」

そんな感じで私も鬼ごっこに参加させてもらえることとなった。

ちびちゃんたちはちいさいからと油断してはならない。彼らは意外とすばしっこい。なので、鬼ごっこも本気を出さなければならない。

私は腕まくりしてちびちゃんたちと駆け出した。


「はぁはぁはぁ……少し休憩しましょう」

ちびちゃんたちは疲れ知らずに走り回るが、こちらはそうはいかない。少し休憩を挟まねば無理だ。

私が息を切らし、近くの芝に腰をおろすと何人かがわやわやと寄ってきた。

「カタリナお姉ちゃん、もうつかれちゃったの？」

「次はかくれんぼしようよ」

本当に子どもは元気だ。息を切らしつつ苦笑を返す。

「だいぶ息が切れているな。大丈夫か？」

上の方からそう声がしたので仰ぎ見ると、セザールがちょっぴり呆《あき》れたような顔でこちらを見下ろしていた。

「少し休憩すれば大丈夫です。セザールさんはリアムとの話は終わったんですか？」

私がそのように返すと、セザールは顔をほころばせた。

「ああ、いい話をたくさん聞けた」

「それはよかったですね」

先ほどの嬉し泣きしそうなセザールの様子を思い出し、心からよかったなと思えた。そんなところに、

「ふぇ〜ん、ふぇ〜ん」

と赤ちゃんの泣き声が聞こえてきた。

「えっ、赤ちゃん？」

ここの孤児院には幼い子も多いが赤ちゃんはいなかったと思ったのだけど。

そちらに目をやると院の年配の女性職員の一人がまだほんの小さな赤ちゃんを抱っこしてあやしていた。

その職員と目が合うと、彼女は赤ちゃんを抱っこしたままこちらへとやってきた。

「こんにちは。子どもたちと遊んでくれてありがとう」

そう言って軽く頭を下げた職員に私は、抱いている赤ちゃんについて聞いてみると、

「この子の母親が産後の肥立ちが悪くて、とても面倒をみられないということで、一時的に預かってるのよ」

とのことで、孤児というわけではなかったようだ。

よくよく聞けば、この孤児院ではそういった一時的な預かりという子もそれなりにいるらしく、家族の迎え入れ準備ができると家に帰されるのだそうだ。

そう聞いて考えれば変わらないでいる子もいれば初めて見る子、姿を見なくなった子もいた。そういった理由だったのか。

「よくできているな」

セザールが本当に感心したというように漏らした。私も同じ意見だ。

それにしても、

「本当に小さいですね」

私は抱っこされている赤ちゃんを見つめてそう言った。近くで見ると本当にお人形かなってくらいの小ささなのだ。

「ふふふ、まだ生まれてふた月くらいだからね」

職員がほほ笑んでそう教えてくれた。

赤ちゃんは先ほどまでぐずぐずと泣いていたけど、機嫌が直ったのかまん丸の目でじっとこちらを見ていた。

「可愛い」

思わず漏らすと、職員が、

「ふふふ、抱っこしてみる?」

なんて言ってきたので、私はぶんぶんと首と手を横にふった。

「いえいえ、私、こんな小さな子は触ったこともないので危ないです！」

「あら、でもあなただって、もう少ししたら赤ちゃんを授かるかもしれないわよ。私がしっかり教えるから抱っこしてみなさいな。この子もあなたみたいに元気な人に抱っこしてもらえば、きっと元気な子に育つわ」

職員がそんな風に言葉巧みに促してくれ、本当のところはこの可愛い赤ちゃんを抱っこしてみたいという気持ちもあったので、少しだけということで抱っこさせてもらうことになった。

「そう、首のところをしっかりおさえてね。うんうん。上手《じょうず》よ。ちゃんと抱っこできているじゃない」

職員に教えられておっかなびっくり抱っこさせてもらった赤ちゃんはすごくやわらかくてあったかくていい匂《にお》いがした。

なんだかなんとも言えないたまらない気持ちになる。

「本当に小さい。可愛い。あったかくていい匂いがします。ねぇ、セザールさんも見てみてください」

と横にいたセザールにも声をかけたが、なぜかその姿は私から離れたところにあった。

ちびちゃんたちは私の周りで「可愛いね」「小さいね」と背伸びして見ているのに、セザールだけが不自然なほど離れている。

しかし、私の問いかけには、

「ああ」

と返してくれた。

ただその顔はどこか気まずそうだ。どうしたのだろう？

「あら、寝ちゃったわね」

職員のその声で腕の中を見れば、赤ちゃんがスヤスヤと寝息を立てていた。

「あなたの抱き方が上手で安心したのかもね」

「いえいえ、そんなことはないと思います」

むしろこの温かさといい匂いにこちらが穏やかで幸せな気分になる。

「ここでこの子たちが騒ぐとまたおきちゃうかもしれないから、少し静かなところに連れいくわね」

職員は赤ちゃんを見ようと背を伸ばす、ちびちゃんたちを見て微笑みながらそう言った。

私はそんな彼女にそっと赤ちゃんを返す。胸から離れた温かさと柔らかさになんだかちょっと寂しい気持ちになる。

職員は「またね」と軽く頭を下げて赤ちゃんを連れて去っていった。

私は離れているセザールの元へ近づき、声をかけた。

「セザールさんは赤ちゃん苦手でしたか？」

その問いにセザールは首を横に振った。

「いや、そんなことはない。ただ……」

セザールはそこで言葉を切り、また鬼ごっこの続きをしようと駆け出したちびちゃんたちをなんだか眩しそうな目で見つめた。そして、

「あの赤ん坊や、あのちびたちみたいな純粋で綺麗なものに俺が近づいたらいけない。そんな気になってしまう時があるんだ」

そんな風に口にした。

その発言にはとても驚いたけど、きっとまだ続きがあると感じ、そのまま黙って話を待った。

しばしの沈黙の後、セザールが口を開く。

「俺は十五の時から傭兵としてたくさんの命を手にかけてきた。だからこの手は血に染まってひどく汚いんだ。手だけじゃない俺自身もだ。だから綺麗なものには近づけない。汚してしまうといけないから」

それまでの雰囲気とは違うまるで別人のような様子で自らの手を見ながら一気にそう話したセザール。その顔はひどくつらそうだった。

『傭兵が気楽でよかった』などと語ったセザール、だけど今の発言を聞くと本当はつらかったんだと気付く。

よく考えれば十五歳で後宮を出ていきなり傭兵になるってかなり大変なことだ。きっと何か事情があったんだろう。

少し過ごしただけでセザールが優しい人なのはよくわかった。そんな人が人を傷つけることを進んでするとは思えない、傭兵業は優しい彼にはつらかったと思う。

忌避されるという金色の瞳で怯《おび》えられ、つらい思いで戦う、セザールは明るい笑顔の下にとても傷ついた心を持っているのかもしれない。

ああ、もしかしたらセザールの攻略では主人公が彼のこういったつらさに寄り添い心を癒《いや》してくれるのかもしれない。それで二人は恋に落ちていくのかも。

そう考えればセザールをマリアに紹介してあげるべきなのかもしれない。

自分の破滅はものすごく怖いけど、こんなにつらそうなセザールを放《ほう》っておくこともできない。

よし、この後、どこかでセザールをマリアに紹介しよう。

悪役令嬢の私では、主人公のように心を癒してあげることなんてできないのだから、癒すのはマリアにお願いして、私は私の気持ちだけを伝えよう。

そう決めた私は、セザールの手をぐっと握った。とても驚いた顔をするセザールに私は言った。

「セザールさんの手は転びそうになった私を支えてくれた温かくて優しい手で、私には汚いなんて思えません。ジャンさんやお兄さん、セザールさんを大切に思う人たちもきっとそう思っていると思います。だからセザールさんにも自分を汚いなんて言ってほしくないです」

「………………」

目を見開いたまま黙ってこちらを見つめるセザールに私はさらに続けた。

「セザールさんが自分をそんな風に貶《けな》すのを聞けば、あなたを大切に思う人たちが悲しく思います」

　私はそう言ってセザールの手をまたぎゅっと強く握った。

「セザールさんの手はあったかくて優しい手です。そしてセザールさん自身も」

　そして一方的に話して、気分を害してしまったかもしれないと、セザールの顔を仰ぎ見ると、そこにはまだ驚いたままの顔があった。

　怒ってはいないようだ。そう思っていると、その顔はだんだんと崩れやがて優しそうなほほ笑みを浮かべた。そしてセザールは、

「ありがとう」

と口にした。

　よかった気分は害さなかったようだ。

　安心して握っていた手に入っていた力を抜くと、今度は反対にセザールに片手を掴《つか》まれた。

　そしてセザールはそのまま私の手をなぜかその口元に近づけた。

　あれ、今はどういう状況なの？　と思っていると、

「カタリナ様」

　突然、聞いたことある声で横から呼ばれたので、そちらに目をやると、

「あれ、マリア？」

　なぜかそこには友人であるマリアの姿があった。

　いつもの愛らしいマリア……のはずなんだけど、なんだか目がいつもと違って鋭いような気

がする。そして、

「何をされているのですか？」

と言った口調はいつもの穏やかな感じではなく、どこか厳しく響いた。

何をしているのか――いや、私もいまいちわからない。

さっきまではセザールに私の思いを語り、手を握っていたのだけど、今は反対に手を取られているんだが、私が聞きたい。なんだこの状況。

そんな、はてなだらけの私の代わりに、セザールが口を開いた。

「少し話をしていたんだ」

そう言ってさっと私の手を放したセザールはそのままマリアに向き直り、王族と貴族として対峙《たいじ》した時に見た笑みを浮かべた。

「君はもしかして、かの有名な光の魔力保持のマリア・キャンベルか？」

「有名かどうかは知りませんが、そのマリア・キャンベルです。あなた様の方はエテェネルのセザール・ダル様で間違いないでしょうか？」

「ああ、そうだ」

おお、どうやら二人はお互いにそれぞれを知っていたようだ。

知っていたけど面識はなかったという感じなのだろう。そして今、ここで初めての対面。

見つめ合う美男美女は絵になる。これはゲームでイベント画《スチル》になるやつだな。

こうして二人は出会いやがて恋に落ちて――。

「それでなぜ、セザール・ダル様がここにカタリナ様とお二人だけでいらっしゃるのでしょうか？」

「彼女には今日、ソルシエの街の案内を頼んでいたんだ。その過程でここに連れてきてもらった。それから俺のことはセザールでいい」

「ではお言葉に甘えてセザール様、ソルシエの街の案内ならばガイドを仕事にしている方もいらっしゃいます。そういった方に頼んだほうがよりよいと思います。今後はそうされた方がよろしいかと」

「立場的にあまり信頼のおけないものは雇えなくてな。それに俺は素がこうなんで誰でもいいわけでもないからな」

「そうだったのですか、しかし、カタリナ様とてお会いしたばかりの相手だと思うのですけど」

「実は彼女には交流会でも会っていて、気が合ってな」

二人はにこやかに会話しているんだけど、なぜだろう、漂う雰囲気に甘いものを一切感じない。

むしろなんだかピリピリしているようにも感じてしまうのは気のせいだろうか。

マリアは他の攻略対象にも揺るがない鉄壁の主人公だからすぐに甘い雰囲気にならないとしても、セザールはマリアに興味を持って、だんだんと惹《ひ》かれていくとかないのかしら？

全然、見えないけど惹かれてる？　いや、やっぱりどう見ても惹かれているように見えない。

しかもマリアの対応がいつもより冷たい感じがする。

私がそんなことをぐるぐる考えている間にも二人の会話は続いていく。

聞こえた内容によるとマリアは外での仕事でこの近くまで来たので、ついでにとサイラスに頼まれていた野菜を届けに来たとのことだ。

そういうことでマリアがここにいた理由はわかった。

そんなマリアは、私とセザールが二人だけで出かけているのが気にかかるようだ。

他国の王族と使用人もつけずに出歩くのは危ないということらしい。それは確かにその通りだ。

セザールは『問題ない。大丈夫』みたいなことを言っているけど、今後は気を付けよう。

しかし、これが二人の素敵な出会いと交流となるのだろうか？

先ほどはセザールのために二人の仲を深めた方がいいと思ったのだけど、なんか深まる気がしない雰囲気に見えるのは気のせい？

すごく気になるがどうも口を挟める感じがしない。しばらくして、

「ああ、そろそろ戻らないといけない時間になった」

とセザールが発言し、

「そうですか、では気を付けてお帰りください」

とマリアが言ったことでとりあえず二人の初対面と交流は終了となった。

なんだろう、見ていただけなのにハラハラドキドキして、無駄に疲れた気がする。

「じゃあ、カタリナも」

セザールがそう声をかけてくる。

私たちは一緒に来たのでセザールが帰るとなればもちろん私も帰ることになる。私が、

「そうですね」

と返事をすると、マリアが、

「あの、セザール様はお城へ戻られるのですよね？　それでしたら魔法省へ帰る私と一緒の方が道順的にいいと思うのですがいかがでしょうか？」

と声をかけてきた。

確かにその方が道順的にはいいし、私もまっすぐ家に帰れる。

セザールは私を見て、そしてマリアを見た。そして、

「そうだな。ではお言葉に甘えて、マリア嬢の馬車に同乗させてもらおう」

王子様スマイルを浮かべてそう言った。

こうして、孤児院でセザールとは別れて、私は一人自宅へ帰ることとなった。

帰りの馬車は見送りに来てくれた子どもたちに手を振り終えると、そのまま爆睡した。なんだかとっても疲れていたらしい。

★★★★★

俺、セザール・ダルは、今、先ほど初めて会ったばかりの女性、マリア・キャンベルと共に馬車に揺られている。

マリア・キャンベル、平民にして光の魔力保持、その異質な存在の話は遠くエテェネルの王宮にも届いていた。

交流会でその姿を確認もしていたので、初対面といっても完全な初めましてという風には感じていない。

むしろこれまでの仕事でまったくの初対面の相手とこのように馬車に乗ることもあり、それ自体は気にするでもない。

だが、この美女からの鋭い視線はいたたまれない。

初めに声をかけてきた時から注がれるこの敵意にあふれた視線は、二人で馬車に乗るとさらに強くなったように感じた。

せっかくこんな目の覚めるような美女と二人だけの時を過ごしているというのに、この状況は面白くない。原因はわかっているものの少しでも空気を緩和できればいいと俺は自分から口を開いた。

「そんなに敵意をむき出しにしなくても、大事なお友達に何かしようとは思っていないぞ」

その俺の言葉にマリアははっとした顔をして自身の顔を手で覆って、

「……すみません。自分でも気付いていませんでした」

慌てたような声でそう言った。

なんと驚いたことにこれまでの敵意むき出しは無意識だったようだ。

おいおい、どれだけカタリナが大切なんだ。この子。

マリア・キャンベルがカタリナと親しいことは知っていたが、会ってそうそうに（見られた場面がまずかったのもあるが）ここまで敵意むきだし、それも無意識にされるほどとは思わなかった。

しばし反省したように顔を伏せていたマリアだったが、やがてキッと顔を上げ意を決したような顔で口を開いた。

「あの、セザール様がソルシエに花嫁を探しにきているという話を伺ったのですが、本当でしょうか？」

そのような話が出ていることは知っていたが、それを彼女が知っていたことに驚いた。

「どこでそれを聞いたんだ？」

少しきつめに問えば、マリアは素直にスラスラと答えた。

「魔法省の上の方に、もしセザール様から声がかかればというような話をされたのです。他には話すなと言われているので、誰にも話してはおりません」

どうやら今回の話を聞いてどこぞのお偉い方が、マリアが俺の婚約者候補になってもいいように気を遣ったようだ。

滅多に出ないという強い光の魔力を持つ女性、見た目も可憐《かれん》で一目惚れしてしまう男もいるのではないかと思うほど美しい。

少し素直すぎる様子も見受けられるが、頭も悪くないようだ。実際、学園での成績も常に上位だったと聞いている。

これだけの女性だ。平民という身分を差し引いても他国の王族が求婚してもなんらおかしくない。という考えの元、マリアに話がいったのだろう。

実際、俺も彼女に出会っていなかったら、このマリア・キャンベルという女性に興味を持って惹かれる可能性だってあったかもしれない。

ただそれはあくまでそうだったならばの話で、今の俺はマリアにそういった感情は芽生えない。そしてそれはマリアの方も同じだろう。

彼女はおそらく俺を警戒している。今の話を聞いてその意味もよくわかった。その警戒の意味は――。

「セザール様が望まれ、相手もよいと返事をしたなら婚約者としてエテェネルへ行ってもよいと聞きました。しかし、カタリナ様はこの国の王族の婚約者です。その相手には当たらないと思います」

マリアはしっかりとこちらを見つめそう言った。まるで俺に挑むかのような目には強い意思を感じた。

予想通りだ。マリアは俺がカタリナを誘惑して婚約者としてエテェネルに連れていくことを警戒しているのだ。

先ほどの姿も見られたからな。婚約者探しの話も知られていたなら、そう考えるのもわかる。

だが、ここでマリアを敵に回すのはまずい。

俺は穏やかな笑みを作った。そして、

「まさか、さすがに第三王子の婚約者にちょっかいをかける気はないさ」

きっぱりとそう言い切った。当たり前だという風に。

俺の答えにマリアは目をパチパチとしつつ、

「本当ですか?」

まだ少し疑うようにそう聞いてきたので、

「ああ、もちろんだ」

と笑顔で断言した。

元々、素直な女性なのだろう。まったくそんなことを考えていないと断言したことで警戒を解いてくれた。

俺が心の中でこっそり『今はまだ』と付け加えたことなど気付く様子はない。

ようやく警戒を解いて、やわらかい視線になってくれたマリアに、カタリナについて聞いてみると、笑顔で嬉しそうに話をしてくれた。

どうやらマリア・キャンベルという女性は本当に心からカタリナが好きで仕方がないようだ。

これはジオルド王子と同じくらい敵に回すと厄介な相手かもしれない。

俺はにこにこと話を聞きながら、内心、ひっそり冷や汗をかいた。

そうしてマリアのカタリナ大好き話を聞きつつ、王宮に送ってもらい、ようやくほっと息を吐く。

与えられた部屋に戻るとジャンが待っていて、

「どうでしたか？」

なんてにやついた顔で言ってきた。

こいつは今日、俺とカタリナを二人きりにするために急用ができたなどと言って出かけていったのだ。

はじめこそ『余計なことをして』と思ったのだが、カタリナと過ごすことになり、その楽しい時間が流れるにつれ、こんないい時間を提供してくれたことを感謝した。

しかし、ここで『ありがとう。お前のお陰でいい時間が過ごせた』と素直に言うには、関係性的にも性格的にも気恥ずかしすぎる。そのため俺は、

「それなりだった」

とだけ告げて、さっさと寝室へと入った。

後ろからはくすくすという笑い声が微《かす》かに聞こえたが、それは耳に入らなかったことにした。

用意された寝室に入り、そのまま寝具に寝転がった。

気を抜けば、自然とカタリナの姿が思い浮かんでくる。

交流会で、この異質な金色の瞳を恐れることなく、綺麗だと笑った彼女に興味を持った。

しかし、相手がこの国の王族の婚約者だとわかり、それ以上の気持ちを抑えることができていた。だが……。

『セザールさんの手はあったかくて優しい手です。そしてセザールさん自身も』

カタリナの声は優しく穏やかで手は温かかった。

彼女がくれた言葉が、本当はずっと悲鳴をあげていた心に溶け込んで癒してくれている気がした。

ああ、自分はこんなにも簡単な人間だったのか。

傭兵になり傭兵の嗜《たしな》みだと、その辺の商売女たちとそれなりに関係を持ってきた。

それなのに、カタリナのことを思い出すと思春期の少年のように頬に熱が集まってきた。こんな状態ははじめてだ。

手を伸ばすにはあまりに厄介な人物……それでももう認めざるをえない。

俺はカタリナ・クラエスという女に落ちてしまった。

もはや理性ではおさえきれないこの気持ちに、深いため息が漏れてしまう。

なにせ彼女の婚約者はこの国の王子で、なおかつ彼女を溺愛《できあい》している。

おまけにその周りも、光の魔力保持者、マリア・キャンベルを含め、彼女を溺愛する者ばかりだ。おいそれと手を出せる相手ではない。

それでも生まれてしまったこの気持ちが、このまま留学とともに関係が切れてしまうのはせつないと訴えてくる。

このまま会えない状態にはなりたくない。なんとか彼女と少しでもつながりを持ち、もし叶《かな》うならば――そのためにはソルシエに恩を売っておく必要があるな。

元々、国のためにそうするつもりだったが、私情も入りよりやる気が出てきた。

港での事件の調査結果に、今日、あのリアムというエテェネル出身の少年から聞いて気になったことをさらに調べてみよう。

そうすれば、だいぶソルシエに恩を売れるような情報が出てくる気がする。

俺は初めての気持ちにふわふわする頭の中を振り払って、仕事モードに切り替えた。

第四章　マリアのピンチ

マリアとセザールと別れ、一人馬車でクラエス家に戻った私は、早々に部屋に戻りベッドにひっくりかえった。

馬車の中で爆睡してきたけど、やはりまだ疲労感はとれない。

昨日からなんだか濃い時間を過ごしているからな。疲れがたまっているのかもしれない。

しかし、帰りの馬車では爆睡して何も考えなかったけど、マリアとセザールは二人きりで馬車の中、もしかしていい雰囲気になったりしたのかしら？

マリアはモテるけどあまり恋愛ごとには興味がないようで、好きな人や気になる人を聞いても『カタリナ様が大好きです』なんて言って友情を押し出してくれる子だ。

そのためゲームⅠの終了でも友情エンドだったし、現在もマリアに好意を寄せているデューイやサイラスとよい雰囲気になっている風でもない。

だからなんやかんやいいつつ、今回も友情エンドで終わるのではないかとうっすら期待していたのだ。

友情エンドならば悪役令嬢、カタリナの破滅もないので安心なのだ。

だが、ここにきてマリアとセザールの仲が発展すれば、悪役令嬢カタリナの出番がきてしまうかもしれない。

何もしていなくてもゲームの強制力なのか、そのようなイベントがおきることがあるというのは魔法学園で体験済みだ。

もしかしたら、意図せず二人の仲を邪魔してしまう可能性もあるかも、そうなれば二人は私を――。とまで考えてすぐに、ないなと思う。

ただ二人の仲を邪魔したくらいで、あの二人が私に対して何かしてくるなんてありえない。ゲームの設定に翻弄されて色々と考えすぎていたこともあるけど、今、マリアとセザールという人を知り、そんなことはないと思える。

同じくデューイ、サイラス、ソラについても同じだ。もう私は彼らがそんなことをする人でないとわかっている。

だけど、闇《やみ》の魔法、そしてそれを広めようとする者たちなど、見えない敵については違う。彼らは非情で人の命さえも軽く扱うような者たちだ。

彼らが攻略対象たちやマリアに、闇の魔法を使ったり、大切な人に危害を加えると脅したりするかもしれない。

そうなれば、強く優しい彼らとてどうなるかわからない。

だから私は皆をしっかり見ていかなくてはならないのだ。

八歳で前世を思い出しここが乙女《おとめ》ゲームの世界で、自分が破滅フラグだらけの悪役令嬢だと気付いた時は、自分の破滅を回避することだけを考えていた。

でも今、大切な人がたくさんできた私は、自分だけでなく彼らも守りたい。

ゲームⅠであった攻略対象や他《ほか》の皆の命が奪われるかもしれないという隠しキャラのバッドエンド、そのようなエンドがⅡにもあるのではないかと思い始めたのは、隠しキャラという存在を認識してからだ。

もしそんなエンドに向かうルートが開かれてしまったら、そう考えるだけで背筋に冷たいものが走る。

そのためにはもっと色々と知って、考えていかなければいけない。

私は大事に保存してあるあの日本語で書かれたメモを出してきて開いた。

未《いま》だに誰《だれ》によって書かれたかわからないメモには攻略対象と、攻略を邪魔する悪役カタリナについて書かれていた。

そもそもこのゲームのカタリナはどうやって闇の魔力を手に入れたんだろう。

議長カタリナ・クラエス。議員カタリナ・クラエス。書記カタリナ・クラエス。

『はい。今日の議題は「ゲームのカタリナはどうやって闇の魔力を手に入れたのか？」です。皆さんどう思われますか？』

『どうって、今の私と一緒であの鏡もどきでも拾ったとか買ったりとかしたんじゃない？』

『え～、でもあの鏡もどきを持っているだけで闇の魔力は発動するの？　このカタリナだってポチがいないと何もできないじゃない』

『そうですね。ポチがいて初めて発動となりましたね。というか夢で見たゲーム画面にカタリナがポチらしき黒い奴《やつ》と闇の契約書っぽいの持っているのがありましたよね。ゲームカタリナもポチと会って闇の魔力を手に入れたのではないですか？』

『じゃあ、ゲームカタリナもキースを助けに行ってそこでポチと会ったってこと？　ゲームじゃあ仲悪かったのに』

『そこは行ってないんじゃない。そもそもゲームⅠの時点で一人で国外に追放されててキースのことはわからないだろうから、その辺をウロウロしてててポチを拾ったとかじゃない』

『その辺をウロウロしていて闇の使い魔に出会うとかどんな状況ですか、いくらなんでもありえないと思いますよ』

『じゃあ、その辺で声かけられたんじゃない。「君、闇の魔法使いになりたくない？」とか言って』

『そんな馬鹿《ばか》なこと……あるかもしれないですね』

『『　!?　』』

『え～と、ちょっとした冗談だったんだけど……そんなことある？』

『はい。確か、キースを攫《さら》ったキースの兄だという人物はその辺で声をかけられたらしいと聞きましたよ』

『あっ、そういえばそうね。なんか家を追い出されてやけになってたところに声をかけられたみたいだとかだったっけ？』

『そうです。その状況はまさに国外追放後のカタリナにも当てはまります。国外に追放されたカタリナに近づいてしょぼいけど魔力を持っているカタリナに闇の魔力を手に入れるようにそそのかせば』

『闇の魔法使いカタリナの出来上がりね』

『その通りです』

『そう考えると、ゲームのカタリナはサラたちの組織に作られたものだったってことになるわね。カタリナがマリアと攻略対象に嫌がらせをしたのもそこの指示なのかしら？』

『どうかな。カタリナの逆恨みだけの可能性もあるよ。国外追放された恨みとかで』

『ありそうな話ですね。でも、もしそうなるように指示というより、操られていたかもしれないという可能性も考えれば、例の組織はマリアや攻略対象にも手をかけようとしていたということになります』

『……マリアや攻略対象にも手をかける……なんで皆は闇の魔法には関係ないじゃない』

『いいえ。マリアは光の魔力保持者です。光の魔法は闇の魔法に対抗できる魔法。その力を強く持つマリアの存在は闇の魔法を広げようとするものたちにとっては厄介なものだと思います』

『……確かに』

『なら自分だけでなくマリアのことも注意していかなくちゃ』

『そうね。今後はそうした方がいいでしょう』

私は思わずぐっとメモの端を握りしめた。

よく考えれば考えるほど今の状況は危険なものに思えた。

自分の身も守り、マリアや他の皆のことも注意して見ていく。それは決して簡単なことではない。ましてや、本来は敵でやられ役である悪役令嬢にそんなことができるのかしら……。

なんともいえない不安と心細さが胸に広がり、目をつむると、

『大丈夫だ。お前ならできる』

なんだかすごく古い記憶が頭に浮かんできた。

ああ、なんで今、この顔と言葉が浮かんできたんだろう。昨日、夢に出てきたからかな。

それは前世の二番目の兄だった。年が近くてよく一緒に遊んで、もめて喧嘩《けんか》して、でも最後には頼りになる兄はなんやかんやと私を助けてくれた。

前世で、具体的には忘れたけど、何かがどうしてもできなくて涙を流した私を必死に兄が励ましてくれた時だ。

『大丈夫だ。お前ならできる。お前は俺《おれ》の妹なんだからな。――』

最後にしっかり前世の私の名前を呼んで、肩をバンバン叩《たた》いてくれたっけ、あれ、地味に痛かったんだよね。

それを思い出すとなぜかクスリと笑えてきた。

今世でも大切な人はたくさんできたし、頼りになる友人たちもいるけど、でもあの兄のよう

な存在はまた特別なものだったなと思う。

よし、あの兄を思い出したらなんだかいける気がしてきた。

ゲームの期間は決まっているんだ。あと半年、いやもう少し過ぎたからもっと少ない。

その期間だけ、しっかり乗り切れば、きっともっと素敵な毎日が待っているはず！

私はぐっと拳《こぶし》を握った。私は大丈夫。私ならできる。


翌日、目覚めるとすぐにキースがやってきた。

昨晩、私が帰ってくるなり爆睡してしまったので起きるのを待っていたそうだ。

「それで義姉さん、昨日はどうだったの？」

目を吊《つ》り上《あ》げてそう聞いてきたキースに、私は本屋さんやご飯屋さんを楽しみ、その後に畑や孤児院を見学しに行き、実に充実した一日になったことを話した。

話を聞き終えたキースはまだ目を吊り上げたまま、

「それでエテェネルの王子には何か言われたり、されたりしたことはなかった？」

そんなことを聞いてきた。キースは何をピリピリしているのかしら？　もしかして私がガイドで失礼をしたのではないかとか心配なのかも、いや、そうに違いないな。

「セザール様は、ソルシエは素晴らしい国だな、ぜひ参考にさせてもらうって喜んでくれたわよ。誓ってガイドとして失礼なことはしてないわ」

私が胸を張ってそう答えると、キースは今度は眉《まゆ》をへにょりと下げた。

「いや、心配していたのはそこじゃあなかったんだけど、義姉さんの話を聞くにとりあえず大丈夫そうだね」

「えっ、そこじゃあなかったって、じゃあ、何を心配してたの？」

「……教えて意識してても逆にまずいことになるかもしれない……」

「？」

「いや、なんでもないよ。義姉さんのガイドをエテェネルの王子が満足してくれてよかったね。でも異国の王族に失礼があったら大変だから今後はあまり関わらないようにした方がいいね。もし関わらなきゃいけなくなったらちゃんと僕に教えてね」

「そうね。確かに失礼があったら大変だものね。わかったわ。もし次があったらキースに報告するわ」

乙女ゲームの件もあるから、私も進んで関わりたいとは思えないんだけど、昨日の赤ちゃんを前にしたつらそうな様子も気になるので、今度何かあったらキースに相談すれば大丈夫だ。

キースとそのようなやりとりをした後、いつものように魔法省に仕事へ行き、いつも通りの日々を過ごす。

ただ闇の魔法練習は、もしかしてくるかもしれないピンチの時に何か役に立つかもしれないと考えてより真剣に取り組んだ。しかし、劇的にできるようになったりすることもなくいつも通りの結果だった。

午後から契約書の解読でもいつもより気合を入れる。

それからマリアに私と別れた後にセザールとどんな様子だったか聞いてみる。すると、

「カタリナ様のお話を楽しくさせてもらいました」

と言うおかしな答えが返ってきた。

まぁ、二人の共通の知り合いではあるわけなので話の取っかかりにでもしたのかとさらに詳しく聞いてみると、そういうのでもなくほぼ私のことを話し続けたらしい。

いや、こうそれぞれのことを話そうよ。悪役令嬢の話題だけじゃあ仲は進展しないよきっと。

そんな感じでマリアの方はどう見ても、セザールにときめいたとかそういうことはないようだった。

契約の書の解読も気合を入れても進捗具合はいつもと変わらなかった。

結果として私が気合を入れたとしても、特に何ごとも変わらないということが証明された。


終業時間となり、別部署のマリアと別れて帰り支度をするために自分の部署へと向かっていると、向かい側から昨日、見たばかりの顔が歩いてきたので驚いた。

「セザール様！」

思わず声をあげた私に、驚いた顔をしたセザールが同じように、

「カタリナ！」

と声をあげた。

近づくと後ろについていたのはジャンで、こちらは目が合うとにこりとして会釈してくれた。

どうして魔法省にいるんだろうと一瞬、思ったけど、すぐにそういえば見学していいと言われた仕事は軒並み見学しているのだと聞いたことを思い出す。

「セザール様は、本日は魔法省で仕事の見学ですか？」

私の問いに、セザールは頷《うなず》いた。

「ああ、許可がおりたところの見学をさせてもらってきたところだ」

思った通りだった。

「そうですか、ですが、あまり根を詰めて無理しないでくださいね」

「お前までジャンみたいなことというようになったな」

「そりゃあ、あれだけ予定を詰め込んでいるなんてお話を聞けば、心配になりますよ」

「それほどのことでもないのだが」

本人にあまり自覚はないようだ。う〜ん、無理している人って意外と自分では気付かないものなのかも。

「聞いた限りそれほどです。ジャンさんの言うことを聞いてちゃんと休んだほうがいいです」

私が指を立ててそう言うと、セザールは「考えておく」ととりあえず前向き？　な答えをくれた。

一旦、働きすぎの話を終えたところで、私は気になっていたことを聞いてみた。

「そういえばセザール様は昨日、マリアと仲良く帰れましたか？　初対面だったし大丈夫だったかなと思いまして」

マリアの方は完全に脈なしな感じだったけど、相手の方はまた違うかも。

特にセザールは攻略対象でもあるから、マリアが気付かなかっただけで、実はマリアにときめいていたとかあるかもしれない。

「ああ、初対面ではあったが、互いに相手の素性は知っていたし、楽しく会話をしながら帰ったぞ」

セザールはさらりとそう返してきた。

うん、こちらも実にあっさりしているな。これは本当に進展なしかもしれない。

ゲームだったら主人公と攻略対象の初対面の出会いのイベントのはずなのに、こんなに何もないものなのだろうか。

マリアに聞いたので知ってはいたけどついでにこれも尋ねてみた。

「どんな話をしたんですか？」

「ずっとお前についての話だったぞ」

セザールの答えはこれまたマリアとまったく同じだった。やはり私（共通の知人）の話だけとは悲しい。

「あの時間だけで、あのお嬢さんがとにかくお前を慕っているというのがよくわかったぞ」

セザールがにやりと笑ってそんな風に言う。

マリアは一体、どんな話をしたんだ。

慕ってくれているとは思ったけど、そんな他の人にまでわかるほどとは、なんだか少し照れ臭い。

「学園に入って出会ってから、ずっとお前にたくさん助けられているんだと、それはいい顔で話してくれたぞ」

セザールの続けたその言葉に私はすぐに、

「いえいえ、助けられているのは私のほうですよ。学園の時から、今の魔法省でもずっとマリアに助けてもらいっぱなしですから」

そう返していた。

マリアは、学園では私の勉強をたくさんみてくれて、一緒に魔法省へ入ってからもたくさん助けてもらっている。

絶対に私の方がうんとたくさん助けてもらっている！

思わずそういうことを熱く語っていた。

はっと気付いた時にはセザールがあっけにとられたような顔をしていた。

うわっ、ちょっと熱く語りすぎたと今更ながらに思っていると、セザールはクスリと笑って言った。

「お前とマリア・キャンベルが互いに互いを思いあっているのが今のでよくわかったぞ。いい関係だな」

「そうですか、そうなら嬉《うれ》しいです」

私は照れ臭くて頭をかきながらそう返した。

八歳で前世の記憶を取り戻し、ここが乙女ゲームの世界で自分が主人公を邪魔し破滅する悪役令嬢だと気付いた時には、主人公マリアは対立する相手という認識だった。

だけど学園に入り、彼女の人となりを知って、ゲームの中で攻略対象たちがなぜあんなにどんどんと彼女に惹《ひ》きつけられていったのかわかってきた。

マリアは主人公として顔が綺麗《きれい》なだけじゃない。優しくて、そして強さも持ち合わせる素晴らしい女性なのだ。

だから今、ゲームの配役の運命に負けることなく、マリアと友人になれたことは私の大きな喜びでもある。

そんな思いを噛《か》みしめているとセザールが、

「ふっ、本当にライバルが多い相手だな」

とぼそりと呟《つぶや》いた。

ちょっと小さすぎてよく聞き取れなかったが、ライバルとかなんとか言わなかった。

あれ、やっぱりセザールはマリアのことが好きになってきているの？

「あの、セザールさんには、その」

マリアに惹かれているのか聞きたいと思ったけど、なんとなく直球で聞いても答えてくれないだろう雰囲気を感じたため、

「セザールさんにはもしかして意中の人がいるのですか？」

少しオブラートに包みつつそんな風に聞いてみると、

「さぁ、どうだろうな」

にやりとした笑みでそんな意味深な言葉を返されてしまった。

何やら大人《おとな》の色気を感じるその表情と声音にどぎまぎしてしまっていると、

「ほら、もう迎えがくるんだろう。またな」

と頭をポンとされ、帰るように促された。

「あっ、はい」

そのまま流されるように別れて数歩だけ歩いて、振り返るとセザールはもう颯爽《さっそう》と遠くを歩いていた。

その後ろ姿を眺めながらやっぱり攻略対象は色気がすごいと私は思った。


それから部署へ戻り、荷物を持ち帰るために馬車が待っている門へと向かう。ソラは今日も外部でのお仕事でいないので一人でとことこ歩く。

そこで、先ほど別れたばかりの人の姿を見つけた。

「あれ、ジャンさん、戻られたんじゃあないんですか？　セザール様は？」

セザールの従者であるジャンが一人で立っていたのだ。

「セザール様はもう少し見学されたいところがあるとのことでそちらへ、私はクラエス様に一言お礼を申し上げたくてお待ちしておりました」

ジャンはそんな風に言うと恭《うやうや》しく頭を下げた。

「お礼ですか？」

いったいなんのお礼だ？

「はい。昨日はセザール様のガイドをありがとうございました。戻ってこられたセザール様は本当に嬉しそうで、クラエス様のお陰です」

ああ、ガイドのお礼だったのか。

「いえいえ、私も楽しく過ごさせてもらいましたので、お礼には及びません。でもセザール様も楽しんでいただけたようならよかったです」

「はい。ご本人の前で言うと否定されるかもしれませんが、楽しかった幸せだという気持ちが全身から漏れ出ておりました」

ジャンはくすくす笑いを浮かべながらそんな風に言った。

「そんなにですか、光栄です」

まさかそんなに楽しんでくれたとは思わなかった。だけどジャンが言うならばそうなのだと思えた。

そこで私はふと昨日の、セザールが苦しそうに漏らした言葉を思い出した。

本来、本人のいないところで他の人に聞くのは躊躇《ためら》われるようなことだったけど、なんだか自覚薄く一人苦しんでいるようなのが気にかかった。

この間の二人の様子からジャンならば話しても大丈夫、そう思えた。

私は、昨日、孤児院で赤ちゃんを前にしてからセザールが『自分は汚いから綺麗なものを触れない』と別人のような顔で言ってつらそうだったという話をジャンにした。

「――それで、そのセザール様のことが心配になりまして」

私がそう話し終えるとジャンは、眉を寄せて黙り込んだ。

しばらくしてジャンが真剣な顔で口を開いた。

「クラエス様、少しだけ昔話をしてもよろしいでしょうか？」

私は深く頷いた。

「セザール様は出会った頃から真面目《まじめ》で優しくて、自分が傷つくのは平気なくせに他の人が傷つくのに心を痛めるそんな方でした」

そんな出だしからジャンは幼い日のセザールの話を語った。

セザールは兄である国王をとても慕っていて『大きくなったら兄様の役にたつことがしたい』と常々言っていたのだという。

しかし、学やマナーを身につけ、守られていた国王の所有する屋敷から出ると、国王がセザールを引き取ったことを悪く言う輩《やから》が大勢いたのだそうだ。また味方であるはずの派閥からもセザールの存在が国王の足を引っ張るという声も出ていたという。

真面目なセザールはそれを全部、真正面から受け止めてしまい、大切な兄のためにと距離をとるようになったのだそうだ。

そして国王の今後のために自分は傍《そば》にいないほうがよいと成人を迎えるとともに国を出て、傭兵《ようへい》として国王の敵となる者たちを葬ると決めたという。

そこからまたセザールの苦悩がはじまったらしい。

虫を殺すことさえ、躊躇うような優しい少年だったセザールは、傭兵の仕事で明らかに心をひどく痛めてしまっていたが、それを認めることはせず『平気だ。大丈夫だ』と繰り返し、どんどんと顔色を悪くしていったそうだ。

やがてセザールは自身に言い聞かせはじめたという。

『俺はこういう仕事を好んでいる、気楽な傭兵が性にあっている。自分は荒事に向いている。人を傷つけるのも殺《あや》めるのも何とも思わない人間だ』

そんな風に繰り返し、自分で自分に言い聞かせて、長い月日を経て最初からそうだったように、自身が言い聞かせてきたような人物になっていったそうだ。

ただその本質が完全に変わることなどなく、時折、つらそうな顔を見せる。それがジャンにはたまらなくせつなく、悲しいのだという。

あまりにも重く、そしてつらい話を聞いて、昨日のセザールを再び思い出す。

『この手は血に染まってひどく汚いんだ。手だけじゃない俺自身もだ。だから綺麗なものには近づけない。汚してしまうといけないから』

普段とはまるで別人のような様子で自らの手を見ながらつらそうにそう言ったセザール。その背景にはそういう経緯があったのか。

「その、私、そんな経緯があったなんて思いもよらず、無神経なことを言ってしまったかもしれません」

　私は昨日の自分を反省しつつ、ジャンにそう話した。もしセザールがよく知りもしないくせに気を悪くしてしまっていたのではないかと心配になったからだ。

「無神経ですか？　どんなことを？」

「その、私は優しい手だと思っているし、ジャンさんや国王様もきっとそう思っていますと、それからセザール様がそんな風に思っていると知れば悲しみますと言ってしまいました。セザール様を嫌な気持ちになってしまったかも」

　必死に自分の気持ちを押し殺すセザール、こういう時、彼を癒《いや》す本来の主人公ならもっといいことを言えたのだろうけど、私が言ったのはその時に思った強い思いだけで、なんというか当たり前のことだけ。深い事情を知らなかったからこそそんな風に言ってしまった。

　あの時のセザールは笑顔で怒ったようには見えなかったけど、今、この話を聞いてもしかしたら私に気を遣ってそのように振舞ったのかもと思えてしまった。

　頭を下げて心の中で反省をする私に、ジャンは何も返してこないので、ふと顔を上げると、彼はにこやかな顔で微笑《ほほえ》んでいた。

　えっ、どういうこと？

「セザール様は嫌な気持ちになんてなられていませんよ。むしろクラエス様の言葉を喜ばれたと思います」

「……そうでしょうか？」

疑心暗鬼な気分で虚《うつ》ろな目でそう聞き返すと、ジャンは真剣な顔になり、

「そうです。セザール様が六つの時からずっと共にいる私、ジャンが断言いたします」

と言ってくれたので信じることにした。

そんな会話をしたのち、

「お帰りになるところだというのに、お引留めしてすみません」

ジャンにそう言って頭を下げられた。

「あっ、いえこちらこそ」

そう言って同じようにした私にジャンは深く深く頭を下げ、

「どうぞ、今後ともセザール様をよろしくお願いいたします」

と言った。

「えっ、あっ、はい」

ここで「いえ、私はただの悪役令嬢なんで」「破滅フラグがあるんであんまり深くかかわるのは」とか、「なぜ私が」とか言える雰囲気ではなく、私はそう返事をした。

ジャンは満足そうな笑顔を浮かべ、セザールの元へと戻っていった。

私はなんか色々と考えなきゃならない気がしたけど、まぁ、急がなくていいかと思いとりあえず、馬車に乗り自宅に着くまで眠りにつくことにした。

★★★★★

俺、セザール・ダルは魔法省での仕事の見学を終えて城で用意されている部屋へと戻ってきた。

魔法省内で一度、少し用事があると離れ、戻ってきたジャンは『よかったなセザール』と素になって頭を撫でてきた。

未だかつて見たこともないニヤニヤのご機嫌顔に何があったか聞くと、なんでもカタリナと話してきたらしい。

ジャンは詳しいことは口にしなかったが、どうも昨日の経緯を少し聞いたようだ。

俺の昨日の機嫌のよい様子から薄々、何かあったと気付いていたらしいジャンには、喜ばしいことと思えたのだろう。

ご推察どおり喜ばしいことではあったのだが、なんでお前がそこまで嬉しそうなんだとこちらが気恥ずかしくなるほどで、なんとも居たたまれなかった。

そんな感じで居たたまれなさ全開で、戻ってきた部屋だったが、そこで部下の一人が持ってきた知らせを聞き、気持ちを切り替えることになった。

それはしばらく前に起きた『ソルシエの港からエテェネルを経由してルーサブルに誘拐した

子どもを売っていた』という事件についてのことだった。

その事件は、はじめこそエテェネルの小悪党とルーサブルの馬鹿が共謀して起こしたことだと思われていた。

しかし、独自に調べを進めていくとソルシエの方でも、地位のある人物が絡んでいたのではないかという疑惑がでてきた。

そこから俺は傭兵時代に築いたコネをフルに使い、裏の方からも情報を細かく集めた。すると、その人物はソルシエの貴族だという話まで出てきたのだ。

誘拐事件にソルシエの貴族が関わっている。これはソルシエの上層部にとって大きな痛手であろう。

それをエテェネルの王子（俺）が暴いて証拠もそろえることができれば、ソルシエに大きな恩を売ることができる。

そのためにこの留学がはじまってからも、ずっと裏で動いてはいたのだが、なかなか尻尾《しっぽ》を掴《つか》めずにいたのだ。

しかし、ここにきて孤児院で会った少年の『ソルシエに連れてこられる時に見た男』の特徴を聞けたことで事態は大きく動いた。

ソルシエからの調書などには『ただの下っ端の破落戸《ごろつき》』と書かれていただけの、そいつを俺が知っていたからだ。傭兵時代に少しだけ面識があった男だった。

そして俺はそいつが『ただの下っ端の破落戸』でないことを知っていた。

奴は抜け目なく動き、受けた依頼はほとんど成功させる能力の高い男で、その筋では名の知れた人物だった。

奴ほどの人物がアホどもの依頼を受けるとは思えない。俺は傭兵時代のコネや金を最大限に使い奴の居場所を探していた。

そしてソルシエの仕事やその現場などを見学する日々の中で、奴の居場所についての知らせを待っていたのだ。

その知らせが今、届いたのだ。

「深夜に少し出かける」

俺がそう言うと、心得たジャンは、

「じゃあ、俺も準備しておく」

と返してきた。

傭兵時代にはよくしてきたやり取りだ。

「ああ、頼む」

そう言って俺は少し仮眠をとることにした。

寝室に入りソファに横たわり目をつむると先ほど会ったばかりの女の顔が浮かんできた。

『セザールさんにはもしかして意中の人がいるのですか？』

無邪気な顔をしてそんなことを聞いてきて、計算でやっているとしたらすごいことだが、そうでないことくらいわかっている。

まったくやっかいな相手に好意を抱いてしまった。そう思いつつ、なんだか胸は温かく、眠りは心地よいものになった。


深夜、予定通りに俺はジャンと共に暗闇に紛れて城下へと降りた。

人目に残らないように動き城下の片隅、薄暗い照明で照らされた酒場にたどり着く。

それほど大きな店ではなく席数も少ないが、場所が外れであるためか、いくつか空席が残っていた。

常連が静かに酒を飲むところといった場所だろう。騒いでいる者はおらず皆、静かに酒を飲んでいた。

そんな店の隅、おそらく裏口につながるであろう場所でぽつりと一人で座り酒をする男を発見した。

中肉中背で地味な顔立ちをしている男は、基本的に人の記憶には残らないことが多い。彼自身がそのように振舞っているというのもあるだろう。そんな男を記憶していたあの孤児院で会った少年はかなり洞察力が鋭いのだろう、将来大物になる可能性があるな。

俺はさりげなく男に近づいた。

「隣いいかい？」

俺の顔を確認した男は、少し目を見開いた後に小さく頷いた。

「……あんたのことは知ってる。傭兵がずいぶん出世したようだな。いやむしろよくその身分で傭兵なんてしていたな」

ぼそりと男が眉間《みけん》に皺《しわ》を寄せそんなふうに呟き、俺は苦笑を浮かべた。

どうやら相手の方も俺を知っていたようだな。

「あんたに覚えていてもらえるなんて光栄だ」

にこやかにそう告げると、男は眉間の皺を深くした。

「……それで王子様が俺なんかに何の用だ？」

さっさと本題を告げろと促され、俺は素直に従った。

俺の話を聞くうちに男の眉間の皺はどんどん深くなり、話を聞き終わると深いため息をついた。

「……さすが『金色の狼』だな。貴族連中だけじゃあ、ここまでたどりつけなかっただろうな」

「どうも」

「……ここまで調べあげられて、金色の狼とエテェネルの王族を敵に回すほど俺も馬鹿じゃない。ただ俺の今後の仕事にも関わる。タダって訳にはいかねぇな」

男の答えは予想どおりだったため、俺は用意していた男が欲しがりそうな情報を提示した。

しばし考える様子を見せた後、男は言った。

「いいだろう。それで手を打とう。ただし、話せることは限られてるぞ」

「ああ、あんたが話せると判断したことだけでいい」

あまり話しすぎれば、男の身に危険が及ぶのであろう。

そして俺は男から新たな情報を手に入れた。それはソルシエで暗躍するある人物に関するものだった。

「少ししゃべりすぎたんで、しばらく別の国でもぐって生活する」

そう言って去っていく男を見送り、俺は男から得た情報からまた新たに探りを入れるべく動き出した。


例の男とのやり取りから数日後、ついに俺は暗躍する人物の居所を突き止めた。

前回と同じようにジャンと共に夜の闇に紛れて城下へ降り、目的の場所へと向かう。

そこは城下の中央に近い場所にあり、照明で煌々《こうこう》と照らされた店だった。

前回、情報を持った男と接触した場所とはあまりに違い、本当にここであっているのかと疑問も出てくる。

店内を覗《のぞ》けば多くの人が楽しそうに飲み食いし騒いでいた。前の酒場とは真逆の雰囲気だ。

中へ入り、目当ての人物を探すのも一苦労だ。大衆食堂といった感じか、老若男女問わず人が多い。

そんな中、ようやく発見したその人物はニコニコと酒を飲み、飯を食べていた。その両脇《りょうわき》に美女を侍《はべ》らせながら。

なんというか最初は単純に呆《あき》れたが、そのなんの屈託もない様子に次第になんともいえない恐怖を覚えた。

情報通りならば、その人物はかなり悪どいことに身を染めているはずなのだが、そんな様子は微塵《みじん》も感じさせないのだ。

長く傭兵業をやってきて、犯罪に関わりながらまったくここまでそんな気配を感じない人物を見たことがなかった。

柄にもなくじんわりと手のひらににじんだ汗を軽く服でぬぐい、俺はその人物に近づいた。

「両手に花で羨《うらや》ましいですね」

にこやかにそんな風に告げると、彼は、

「そうだろう」

と笑顔で両手を広げ女性たちを引き寄せた。

『きゃあ』と可愛《かわい》らしい声を出して女性たちは顔を綻ばせた。

ただの酔っ払いなら女性たちもこんな反応しないのだろうが、なにぶん男は顔がよかった。

整った顔立ちに甘い笑顔でいかにもモテそうな雰囲気だ。

「俺も、彼女たちとご一緒したいのですが、相席いいですか？」

他にも相席をしている客は多くいたので、そう尋ねたが、男は「う～ん」と首を捻《ひね》り、

「君みたいな男前がきちゃうとせっかくお近づきになった彼女たちをとられてしまうかもしれ

ないから、遠慮させてもらいたいね」

と言ってきた。

ふざけながらもそんな風に断られて、どう攻略するかと考えたのだが、俺が言葉を発する前に、

「あら、私たちはもうすっかりあなたに夢中なのよ。別の男になびくなんてないわ」

「そうよ。だからお兄さんもどうぞ」

と二人の女性が笑顔で誘ってくれた。自慢ではないが、俺の顔もそこそこに女性受けがいいため、それが役に立ったようだ。

「ありがとう」

と女性たちに告げ、すぐに椅子《いす》に腰かけ、酒と食事を注文する。

「お兄さんは異国の人？」

連れの女性たちが興味深そうにこちらへ振ってくる話題に当たり障りなく答える。

話を聞くうちにどうやらこの女性たちはこの店で男と意気投合し、一緒にいるだけで前からの知り合いでもなんでもないらしいことがわかった。

こんな短時間で女性を捕まえて抱きとめても批難されない関係になるとはさすが聞いた以上の女誑《たら》しだ。

しかし、男とこうして話をしてもどこにも後ろ暗い感じはしない。どこまでも明るく気のいい、女好きする男性としか思えない。

仕事についてもあっけらかんと近くの店で雇われていると教えてくれた。

それに仕草もどこをとっても一般の平民そのもので、元貴族だった様子はまったく感じられない。

そんな中、女性たちがそろそろ帰らないといけない時間だということで去ることになる。

そうなればもちろん男も立ち上がり、

「男だけで飲んでも楽しくないから俺はここで失礼するよ」

と席を立とうとした。

ここでこの男に去られてしまっては、もしかしたら警戒されもう接触できないかもしれない。

俺はなんとか男を留めようと、

「せっかくの縁なんですから、もう少しご一緒しましょうよ。ソルシエ貴族のマナーとか教えてくださいよ」

と口にした。

この言葉で何かしら反応が返ってくるだろうと思ったのだが、男は顔色一つ変えず、

「ははは、何言ってるの。君、俺を誰かと間違ってるの？　それとももう酔っちゃった？　なら早く宿に帰った方がいいよ」

そう返してきた。

本当になんの反応もない。情報が間違っている？

いや、しかし、あの男が間違った情報をよこしたとは考えにくい。

俺は、試しに集めた情報の一部を口にした。

本当に関係ない者ならば意味もわからないだろうから問題ないと考えてのことだ。

そして、それを聞いても男の表情は変わらなかったが、

「君、意外と優秀なんだね」

とにやりと笑みを浮かべた。

その顔に、やっぱり情報は間違いなかったと確信した。男は、

「ここじゃあなんだから、少し別のところへ行こうか」

そう言って誘ってきた。

男は片手に飲みかけの瓶を手にしてひょこひょこと店を出ると、店の脇の路地の入り口にすっと入り込み背を壁に預けた。そして警戒する俺を、

「何もしないから大丈夫だよ」

と間延びする声で呼びつけた。

駆けつけてこられる距離にジャンの姿を確認し、俺は男の横に並び同じように壁に背を預けた。いつでも動けるようにしながら。

「それでエテェネルの王子様がこんな落ちぶれたおじさんのところに何をしにきたのかな？」

やはりこちらの正体にも気付いていたようだ。

それでいて顔色一つ変えないとは、また手のひらに汗がにじんでくる。

これだけの人物だ。先ほどの情報を聞いたなら俺が新たな情報を求めているのもわかりそう

なものだが……そのへらへらした顔から真意はまったく読み取れない。

こんな人物に駆け引きはできそうもない。俺はそうそうに諦《あきら》め、直球で言った。

「これまでの犯罪で、あなたが関わっている人物の情報が欲しいです」

俺のその言葉を聞いて初めて男の表情が変化した。

目をきょとんとして驚いた様子を見せ、その後、歯を見せて笑い始めた。

「まさか直球でそのまま言ってくるとは思わなかった。君、案外面白いんだね」

「なら教えてくれますか？」

「えっ、嫌だよ」

「………………」

あっさりと拒否られた。

仕方がないか、駄目元で言ってみるか。

「何か俺にできることがあれば融通しますが、どうですか？　エテェネルでの地位なら、ある程度、作れますが」

「地位か、いらないな。せっかく解放されて楽しんでいるっていうのに」

男のその言葉に俺は思わず問い返していた。

「では、やはりあなたはあえて侯爵家をあのようにしたのですか？」

俺の言葉に男はにやりと笑った。

その表情に背にぞくりとしたものが走った。

はじめ聞いた時にもおかしいと思ったのだ。

有能な者がそろうソルシエ上層部の捜査をかいくぐり、証拠一つ残さない仕事に関わるような人物が、地位を失って平民になるような失態を犯すのだろうか？　もしかしたら、それは男の意思でわざと行われたものなのではないだろうか。

だがこの男が地位を失った事件に男自身はまったくの無関係だった。

ただ周りと身内を管理できていなかった責任で地位を奪われた哀れな男。それがソルシエの上層部が出した結論だった。丁寧に調べられたはずの事件にまったく男は関与していないはずだった。

それがどうだ。やはりこの男が関わっていた。有能なソルシエの上層部を騙し、まんまと哀れな男を演じている。

「自分のために身内をあのようにしてどうとも思わないのか？」

事件の概要を知っていた俺の声音は自然ときついものになったが、

「全然」

男はなんでもないといった顔でそう返した。

これはこちらの常識が通じるタイプではないのだ。その男の顔を見て俺はそう察した。

「ははは、俺はもう落ちぶれたただの平民のおじさんだ。これ以上、君が関わってもいいことはないよ。ソルシエに取り入りたいならすでに掴んでいる情報で十分じゃないのかな」

男はそこで言葉を切ると、にこりとほほ笑み、

「あまり深入りすると、君の大事な人たちも傷つくことになるかもしれないしね」

そう言った。

口元は笑っているのに、目はまったく笑っておらず、その灰色の瞳の中に深い闇があるような錯覚を覚えた。

傭兵時代の勘がこいつは危険だと警報をならし、俺は男から距離をとった。

男はそんな俺を楽しそうな様子で眺めながら、

「大丈夫、これ以上、探らなきゃ何もしないよ」

と言うと、

「今日はもう遅いから、早くおうちに帰りな、王子様」

そう言って、今度こそ去っていったが、俺は男を追う気になれなかった。

「大丈夫か？」

すぐに駆け寄ってきたジャンに、

「あれはやばそうだ。今回の件は今までの分でとりあえず終わりにしよう」

と告げ、城の与えられた部屋へと戻った。

★★★★★★

セザールと観光をした日から数日経った。私は今日も魔法省でいつもどおりの日々を過ごした。

そして、仕事終わりに魔法省内にあるサイラスの畑で、マリアと共に野菜の収穫を手伝っている。

この時期は土から引っこ抜く系の野菜が多いのでけっこう泥だらけになるのだけど、その分、引っこ抜けたものが大きかったりたくさんだったりすると、テンションが上がる。

「ここのイモは育ちがいいですね。大きさも量もうちの畑とは大違いです」

私が引っこ抜いたイモを見てそう称賛すると、サイラスが嬉しそうに言った。

「うむ、最初はなかなか育たなかったのだが、近隣の農家から肥料を買って使うようになってから育ちがよくなったんだ」

「おぉ、肥料ですか、どんな肥料なんですか？」

「牛を飼っている農家で牛糞《ぎゅうふん》の肥料を作っているんだが、これが実にいいものでな。近隣農家ではかなり人気があるんだ」

「あ〜、牛糞の肥料ですか……」

私が残念そうにそう言うと、サイラスが、

「ああ、そうだった君は一応、貴族令嬢だったな。貴族令嬢に牛糞の肥料は駄目だったか」

としょぼんとした感じで言った。

一応、貴族令嬢とは貶《けな》されている？　いや、ここはあえて誉《ほ》め言葉として受け取っておこう。

「いいえ、私は牛糞の肥料、いいと思うんですよね。実際、評判がいいものを使おうとしたこともあるんですけど……」

そう糞の肥料はいいよね。実際、前世ではおばあちゃんが近所の牛を飼っている親戚《しんせき》の家から購入して使っていたからね。私も一緒に混ぜてたよ。だけど、

「……クラエス家の畑に撒《ま》いたら、お母様、その……母にすごく怒られまして……」

お母様曰《いわ》く『庭の景観はもう諦めました。ですが、さすがにこの臭いには耐えられません。クラエス公爵家の庭にこのような臭いが漂うなど、決して許すことはできません！』とすごい剣幕で説教されたのだ。

ちなみに何人かの使用人からも『さすがにこの臭いが漂うのはきつい』というクレームも入ったとのことで、それ以降クラエス家の畑で牛糞の肥料を使うことは禁止となった。

そのような経緯をサイラスに話すと、

「そうだな。よく考えれば君の家の畑は公爵家の庭にあるのだったな。この魔法省の畑は外れで風下にあり、臭いが魔法省へ行くこともないから問題なかったが、さすがに公爵家の庭となるとな。対策をしたとしても完全に臭いは消せないからな」

なんだか対策も考えてくれたようだが、結局、厳しいだろうということで牛糞の肥料は今は諦めざるを得なかった。

しかし、臭いの少ないものが見つかったり、いい対策が考えついたら教えてくれるように頼

んで、私も探してみようと決めた。やはりここまで育ちのよいイモを見てしまうと、すごく牛糞に惹かれてしまうのは仕方ない。

よく混ぜればいいと前世のおばあちゃんに聞いたような気がするけど、前の時もよく混ぜたことはよく混ぜたのよね。でも臭うと言われてしまったからな。

なんなら牛糞以上に香る匂《にお》いを一緒に置くのはどうかしら、こうラベンダーとかの匂いと混ぜると牛糞もいい香りになるかもしれない。これは実験してみる価値はあるかもしれない。

そうして牛糞のことを考えながら、せっせとイモを掘り出していると、サイラスから「そろそろ一服いれよう」との声がかかった。

サイラスはさすが子どもの頃から農作業に駆り出されているだけあり、作業間の効率的な休憩も心得ているので、こうして丁度いい感じに声をかけてくれるのだ。

サイラスがお茶とお茶請けの漬物を出してくれたので、それをいただきながら一服する。

「いや～、いいイモがたくさんとれたね」

「そうですね。すごい量ですね。これはまた孤児院へ寄付されるのですか？」

マリアの問いにようやく畑では普通に話せるようになったサイラスが、

「そうだな。そのつもりだ」

と答えた。ただやはり私を相手にしている時よりやや頬《ほお》は赤いけど。

「子どもたちも喜びますね。この間の野菜も喜んでいましたよ」

マリアがニコニコと言った。

「ああ、この間の孤児院への野菜、何を持って行ったの？」

私とセザールと会った時に持ってきた野菜について聞いてみると、それもイモだった。サイラスどれだけイモを育ててるんだ。

「敷地も広いから色々な種類を育ててみたくなるんだ」

私のなんともいえない視線に気付き、サイラスがやや恥ずかしそうにそう言った。いや、いいんだけどね。

「私もたくさんもらってしまって、食べきれないので家に送ったら母からとても美味しかったと返事がきました」

ほぅほぅ、サイラスはマリアにもおすそ分けしているか、それをマリアのお母さんも食べていると。ものすごくゆっくりではあるけど仲が進展しているようで何よりだ。

しかし、一つ気になるのが、

「家に送ったって、マリアは家には帰っていないの？　最近、帰ったって聞かないけど」

マリアは魔法省に入ってから魔法省の寮で暮らしている。職員にはそうした人も多いが、家が遠くなければ休みの日に帰っている人も多いらしい。マリアも前はけっこう頻繁に帰っていたと思うけど、最近、そういう話を聞かないので聞いてみると、

「最近は色々と忙しくてなかなか帰れずにいたんです。でも明日のお休みには家に帰るつもりです」

マリアは笑顔でそんな風に答えた。

「そっか明日帰るのか、お母さんたちも喜ぶだろうね。ゆっくりしてきてね」

「はい」

笑顔のマリアに、また今度、私も遊びに行かせてねと頼んだりして、休憩を終え再び芋ほり作業に戻る。

やがて、予定していた部分のイモをすべて掘り起こし籠《かご》に収納し、作業は終了となった。

マリアとサイラスは寮暮らし、私は馬車で帰宅なのでだいたいいつもは、ここで別れるのだが、今日はサイラスが私を門まで送るとか言い出した。

これはまたマリアに関する相談か惚気《のろけ》の報告かな？

基本的に真面目でお堅い部署長の猫を被《かぶ》っているサイラスは、恋の相談をする相手が私くらいしかいないので、たびたびこんなふうに送るとか言って、その帰り道で『マリア嬢と長く話ができた』『二人で並んで歩くことが出来た』など前世の小学生男子でももっと進んでいるのではないかと思う恋愛報告をしてくるのだ。

イモも分けてもらえたし、肥料の情報も聞けたから、まぁ、聞いてやるか、くらいの気持ちでＯＫしたのだが……本日、サイラスが話し出したのはいつものそんな話ではなかった。

「この間、マリアに孤児院に野菜を届けてもらった時のことなのだが、どうもその際にマリアが何やらおかしな男に声をかけられたらしいんだ」

「それってマリアが可愛いから声をかけられたとかではないんですか、割とありますよねそういうこと」

なんせマリアは見たら思わず振り返ってしまうほどの美女だ。私も前にマリアと歩いていてそういう輩に声をかけられたことがあった。

「いや、そういうのはマリアも割と慣れていて避け方もわかっているようだが、今回の男は何か変な感じがしたらしい」

「変な感じとは？」

「なんというか闇の魔力を前にしたような嫌な感じがしたのだそうだ。ただ軽く断ると男はすぐに去っていき、その後ろ姿を確認しても闇の魔力の気配を見ることはできなかったのだそうだが……」

マリアは光の魔力保持であるがゆえに闇の魔力を見ることができる。そのマリアが見ることができなかったなら、そこに闇の魔力はなかったということになるけど……でもそれと同じような嫌な感じがしたというのが気にかかる。

またマリアには内緒でついていた護衛たち（いや、そんなのいたのかい⁉）もその男については確認しているが、何もおかしなところはなかったようだ。

「マリアが一応ということで上司である私に報告してきた。ただ何かが決定的にあったわけではないので動くのをためらっているところだ」

「動くって、その男を探すってことですか？」

「そうだ。あのマリア・キャンベルが何か感じたなら探すべきか、だがマリアもそこまでしっかり顔を記憶しておらず、護衛は遠目でしか確認していない。探すとしても簡単ではないといったところだ」

　なんか思ったよりすごい深刻な話でどうしたものかというか、

「なんでその話を私に？　もしかして私、契約書とかの時もマリアと一緒だから護衛をした方がいいですか？」

　そういうことなのかなと思って尋ねると、サイラスは目をぱちくりとして、首をぶんぶんと横に振った。

　あれ、違ったのか、久しぶりに空気が読めたと思ったのに。

「いや、君にマリアの護衛をしてもらおうとは思っていない。ただ、君にも気を付けてもらいたいと思ってな」

「私も気を付けろとは？」

「もし闇の魔力を保持するものたちがマリアに何かしようと動くとしたら、君もその標的になるかもしれない。マリアが強い光の魔力保持者であるなら、君は稀少な闇の魔力保持者という立場だからな」

　真剣な顔でそう言ったサイラス、私は城で以前ジェフリーに言われたことを思い出した。

『正体を掴めないやっかいな相手が君を狙うかもしれない』

　サイラスはきっとそこまでは把握していないだろうが、でも何かよくないことが起こりそうだと感じているのかもしれない。

　私から見たらヘタレな農業友達だけど、本当はすごい実力を持つ人なんだったと思い出す。

「ご心配ありがとうございます。気を付けます」

そう言った私にサイラスは「うむ」と頷き、私が馬車に乗るのを確認すると去っていった。

馬車の椅子に腰かけ、息を吐く。

まさか、マリアにも危険が迫っているかもしれないなんて。

マリアは光の魔力保持者ではあるけど、光の魔法は癒し作用がほとんどで、攻撃的なものはないから、自衛は難しい。

それでも、どうやら本人非公認の護衛がついているみたいだけど……でも人の精神を操る闇の魔力を使う者がいたら安全とは言いきれないのではないか。闇の魔法を使うサラと何度か対《たい》峙《じ》してきたからこそそう思ってしまう。

マリアが出会った嫌な感じがするという人物が、闇の魔力を使う組織の関係者でないことを祈ろう。

★★★★★

エテェネルの王子、セザール・ダルとしてこれまで調べあげた情報をソルシエ上層部へと提出した。もちろんこちらへの見返りも要求して。

しばらくして、その情報を証拠として貴族たちが捕まることとなった。

それなりの地位の貴族が捕まったことでソルシエの上層部はゴタついているようだった。

それでも今回の功労者として、ある程度の情報を下ろしてもらっている。

捕まった貴族は今、事情聴取されているらしいが、どいつの証言もいまいちだそうだ。

この貴族たち自身も自分たちで動いておらず、誰かの指示で動かされていたのだろうか、そんなこと考えながら報告書を読んでいた時だった。

「セザール、やっかいなことになるかもしれない」

ジャンが慌ただしく部屋に戻ってきて言った。

「どうした？」

「例のあの男のことを男に関わらないまでも探っていたんだが」

「ジャン、お前、あの男にはもう関わらない方がいいって決めただろう。何かあったらどうするんだ！」

「ああ、心配させて悪い。だが、本当にあいつ自身には関わってない。周りからの情報を集めていただけだ」

「そうか、ならいいが、本当に気を付けてくれ」

「わかった。それでだが、どうもあの男がマリア・キャンベルに接触していたようなんだ」

「マリア・キャンベルにか」

カタリナと相思相愛と思えるほど仲の良いあの美女。彼女はソルシエで一番の光の魔力保持者だ。男の接触はその辺が関係しているのかもしれない。

「光の魔力保持者の魔法は悪事を働くものには脅威になるからな。しかし、接触しただけならば様子を見ておけばいいのではないか？」

「それが、男が彼女に接触したのは俺たちより前なんだ。あれから俺たちが男の関わりある貴族の犯罪の証拠を出して、そいつらが逮捕された。状況は変わった。マリア・キャンベルには人の精神に影響を与え自白を促すような不思議な魔法もある。今、彼女はあの男にとって邪魔な存在になっている」

そうだ。あの港町での事件の際にマリアが使った不思議な魔法。一時的に、犯罪者を更生させすべてを自白させるような魔法は、確かに今の状況で使われると男にとって非常にやっかいだろう。

あの魔法についてはあの場にいた者に緘口令《かんこうれい》が敷かれたが、しかし、あの事件に関わった者がすべてあの時に捕縛されていないということもわかった今、その辺の情報も漏れている可能性が高い。

「ソルシエはまだあの男についてわかっていない。これはマリア・キャンベルの安全のために知らせておいた方がいい」

ジャンの言葉に俺は同意する。

「そうだな。とりあえず彼女が所属する魔法省へ気を付けるように連絡を入れよう」

「そういうだろうと思ってもう魔法省へ連絡を入れておいた」

ジャンはそうすました顔で言った。さすが長年時を共にしてきた相棒である。

俺がジャンに感心していると、部屋を使用人が訪れ、魔法省からの返事を運んできた。

「おぉ、反応が早くて助かるな」

俺は返事に目を通し、頭を抱えた。

「どうした？」

眉を寄せそう聞いてきたジャンに、

「なんとマリア・キャンベルは本日、実家に帰っているらしい。それでも本人には気付かれぬよう護衛がついているから問題ないと返ってきたが……」

普通なら魔法省が選んだ護衛がついているなら問題ないはずだ。ただあの男が本当に消しにきているなら、その辺の護衛では万全とは言えないのではないだろうか。長年、戦場で命のやり取りをしてきた俺の勘がそう告げていた。

「ジャン、マリア・キャンベルの実家はどこかわかるか？」

「わかるが、行くのか？」

「ああ、どうしても気になる。なに、何もなければ街を見学して帰ってくるさ。ただこの後の予定を断らなくちゃならなくなるから、お前はそれを頼む」

ジャンはしばらく黙った後、

「わかった。その辺のことは俺に任せておけ、お前はとにかく気を付けろ。お前の身に何かあれば、大事になる」

「ああ、わかってる。じゃあ、後を頼む」

俺はそう告げてすぐに出かける準備をした。

どうか、何も悪いことが起きていないように祈りながら。

★★★★★

芋ほりの作業の翌日、マリアは予定通りお休みで実家に帰ったそうだ。

非公認の護衛もついているから大丈夫だよね。だけど昨日聞いた話のこともあり、少し心配である。

そんな私は、ただいま『闇の契約の書』の解読作業中だ。

マリアがおらず一人だと、ただでさえ入りにくい気がさらに抜けて、今にも瞼《まぶた》が落ちそうだ。

暖かい日差しに、満腹のお腹《なか》がさらに睡魔を誘う。ああ駄目だ。瞼が重すぎて、限界だ。

薄ピンクの壁の部屋の中、水色のカバーがかかったパイプベッド、中央には黒いテーブル。

これは前世の親友であるあっちゃんの部屋だ。

ああ、私はまたこの夢を見ることができているのね。

魔法省入ってから、何度か、突然に見ているこの夢にはとても助けられている。

この夢ではあっちゃんがゲームⅡをプレイしている場面を見ることができるのだ。

それを見て、私は色々と推理して対策をたてるのだ。

今回もしっかりゲームを見よう！

あっちゃんはすでにゲームをはじめているようで、画面にはマリアが映っていた。

『あなたは一体？』

マリアがそう言うと次に、

『お前、何者だ？』

という台詞《セリフ》とセザールの姿が現れた。

おお、今回はセザールのルートか、今、セザールはこちらに来ているし、タイムリーだな。

そんな風に思っていられたのは、次の画面に切り替わるまでだった。

『あら、そちらの男性はともかく、マリアさんとは何度もお話したことがあるのに、忘れてしまったのかしら？』

その台詞とともに現れたのは黒いフードの女だ。名前は『？？？』となっている。

えっ、これカタリナじゃない。またカタリナが悪の奴なの!?

『……誰ですか？』

マリアの問いに、

『あら、忘れてしまうなんてひどいじゃない』

フードを取って現れた女の顔は――。

『……カタリナ・クラエス様』

うん。だよね。知ってた。というかなんかこの夢、前にも見た気がするんだけどデジャブ？

『お久しぶりね。マリア・キャンベルさん』

カタリナが口の端を持ち上げ不敵に微笑《ほほえ》む。

『……クラエス様は国外へ行かれたとお聞きしたのにどうして……』

『そう、あなたのせいで国外に追放されてしまった……でも戻ってきたのよ。あなたに復讐《ふくしゅう》するためにね』

にやりと笑うカタリナに怯《おび》えるマリア。

そしてセザールがマリアを庇《かば》うように前に出る。

『悪いがこいつは俺のだ。傷一つ付けさせんぞ』

『ふっ、闇魔法使いになった私にあんたのような余所《よそ》者が敵《かな》うと思っているの。出てきなさいケルベロス』

カタリナがそう叫ぶと、『その影の中から、巨大な狼《おおかみ》が出てきた。』と画面に表示され、巨大化したポチが登場した。

ここまで見て完全に確信する。これ、前も見た夢じゃないか、どうして同じ場面の夢なの。違う場面を見たいよ。せっかくの夢なのに、再放送って、夢の無駄遣いだよ！

『よし、あとはここでカタリナを倒して役人に差し出せば、攻略成功ね』

あっちゃんの台詞までまったく一緒で、悲しくなる。

次いで画面の中のポチ、もといケルベロスがセザールに襲いかかるが、セザールが剣で応戦する。

『セザール様！』

マリアがそう声をあげ、光の魔法をポチじゃなくて、ケルベロスに放つ。

その攻撃にケルベロスはたじろぎ、カタリナの元へ戻る。

それにカタリナが大きく顔をゆがませ、

『お前たちもやっておしまい』

と悪の組織の幹部的なことを言い出すと、なぜかモブの悪役っぽい奴らが現れ、セザールとマリアに襲いかかる。

あれ、カタリナって単体で来ていたんじゃないんだ。というかいつのまに悪の組織の幹部に出世したのだ。

しかし、幹部カタリナが放った手下たちはどんどんとセザールにやられていく。

どうやら手下はセザールの敵になれるほどの力はなかったようだ。

幹部カタリナの顔がまた大きく歪《ゆが》む。そして、

『くっ、よくもやったわね、こうなったら――』

悪の代表格である人物いや、前世のアニメにいた悪役の菌が使いそうな台詞を口にして手か

ら黒いステッキを取り出した。

あっ、でもゲームのカタリナのステッキには髑髏《どくろ》はついてないから、そこの悪役度は私の方が勝ちね。なんて思っているとゲームカタリナがステッキから黒い魔法みたいなのを出したではないか！

ゲームカタリナは闇の魔法がちゃんと使えるのね！　吸い取るだけしかできない私より優秀だわ！

しかし、ゲームカタリナの渾身《こんしん》の一撃も、マリアの光魔法に押し戻され、むしろカタリナが光に包まれ、床に膝《ひざ》をつくこととなった。

どうやらこれでカタリナは倒れたらしく、なんか、

『大丈夫ですか？』

と今更役人みたいな人たちがマリアたちを気遣いながら現れた。

もう、登場、遅いよ！　セザールとマリアで全部倒しちゃったよ。

そこでカタリナは役人に連行され、マリアとセザールのイチャイチャしたやり取りがはじまったのだが――しばらくして、

『あら、マリア』

と声がして買い物かごを持ったマリア母が現れた。

どうやら、この場所はマリアの実家の近くだったらしく、何やらやり取りがあった後、マリアが、

『私の大切な人』

とマリア母にセザールを紹介して、セザールも、

『マリアさんと一緒に幸せになりたいと思っています』

とマリア母に宣言した。

まさにセザール攻略成功のエンドだ。

うんうん。よかった、おめでとうセザール、マリア、そしてさようならカタリナ。もう金輪際、悪さするなよ。

しかし、これはきっとセザールが留学してきてから起こる最終イベントみたいなものだろう。いつ頃に起こることなんだろうか？　注意して私はこのイベントがおこる場にはいかないように……したら大丈夫なことなんだろうか？　ゲームカタリナは悪の組織の幹部みたいな感じだったから、もしかしたら違う幹部がいくことになるのだろうか？

そうなると、やっぱりマリアとセザールは襲われて――。


「……リナ様、カタリナ様」

誰かの声で呼ばれてはっと目を開け、がばっと顔を上げると、そこには見知った姿があった。

「ソフィア？」

「はい」

そう返事をしてソフィアは微笑《ほほえ》んだ。そして、

「すみません。なんだかうなされてらっしゃるように見えて起こしてしまいました」

そう言って眉を少し下げた。

「いやいや、勤務中の居眠りだから起こしてくれて助かったわ。ありがとう」

下手《へた》すればこのまま一人、ずっと寝てしまっていたかもしれない。

「ん、あれ、ソフィアはなんでここに？」

「今日はお手伝いの日でしたので、終わってからカタリナ様たちの様子を少し見にきたんです」

友人のソフィア、それにメアリも時々、魔法省で仕事の手伝いをしているのだ。どうやら今日がその日だったようだ。

「マリアさんは少し外されているだけかと思いましたが、もしかして今日はお休みですか？」

ソフィアがそんな風に聞いてきた。

「うん。今日は実家の方に顔を出すみたいだよ。最近、忙しくて全然、帰れなかったみたいで、久しぶりで楽しみだって昨日、言っていたよ」

ソフィアの問いにそう答えながら、私の脳内に先ほどの夢で見た画面と、考えたことが浮かび上がってくる。

セザールが留学してきてから起こるイベント、マリアの久しぶりの帰宅、それに幹部みたいに手下を連れたカタリナ。そしてマリアの前に現れた闇の魔力のように嫌な感じのする男。

なんともいえない胸騒ぎがした。

もし万が一、マリアが襲われていたあのイベントが起こるのが今日だとしたら……。

いや、そんなことないか、そんなまさか、でも、一度、浮かんだ考えに不安が消えてくれない。

私はばっと立ち上がった。もし、何もなかったらそれで安心できる。

「カタリナ様？」

不思議そうにするソフィアに、

「ちょっと用事を思い出したから、早退させてもらえないか相談してくる」

私はそう告げて、部署へと走った。

部署に行くと、ちょうど入り口からラファエルが出てきたので、私は早退したいと伝えた。

「早退は別にいいですけど、体調でも悪いのですか大丈夫ですか？」

理由を言わなかったため心配されてしまう。それはそうだよね。

何かいい言い訳を――思いつかない。

「あの、マリアのところへ行きたいのです」

「マリアさんのところへ、確か、今日はご実家に帰っておられますよね」

「はい。そうなんですけど、なんだかマリアによくないことが起こるような気がして、どうしても気になってしまって」

そんな風にそのまま言ってしまった。

これはおかしな奴だと思われてしまうかもと思ったけど、ラファエルは軽く目を見開いて、

「わかりました。では魔法省の馬車を使う許可も出すのでそれで急いで行ってきてください」

と馬車を使う許可までくれた。

これには私の方が驚いて、

「あの、自分で言っておいてあれなんですが、こんな話、信じてくれるんですか？」

そんな風に聞いてしまった。すると、

「そうだね。別の人だったら、疑ったかもしれないけど、カタリナさんは冗談や嘘《うそ》でそんなことという人じゃないし、それにあなたの勘はなかなかあなどれないですからね」

ラファエルは少し眉を下げて言った。

「何かあったら、すぐ連絡できるように魔法道具も渡すので、くれぐれも気を付けて」

最終的にラファエルはそう言って、魔法道具を渡して、送り出してくれた。

そして私は、マリアの実家のある街へと馬車で向かうこととなった。


馬車に揺られ、マリアの住む町へ着くと家の近くで降ろしてもらう。

移動中も胸騒ぎが止まらず、ソワソワしながら私がマリアの家の方へ向かおうとすると、すぐ近くに同じようなタイミングで馬車が止まった。

よもや幹部カタリナ的な敵の組織の馬車なのかと身構えたが、その中から出てきたのはまさ

かの人物だった。

「セザールさん⁉」

「カタリナ⁉」

あちらも私を見て驚いて声をあげたようで、驚きの声がかぶってしまった。

「なんでこんなところにいるんですか？」

私の問いに、セザールも、

「それはこっちのセリフだ。お前はなんでこんなところにいるんだ？」

と返してくる。

「わ、私は急に胸騒ぎがしてマリアのことが気になって……」

なんてごまかせばいいのか思いつかずそう素直に告げると、セザールがとても驚いた顔をした。

「お前には何かそういった能力でもあるのか？」

「えっ、あ、違って、ただの勘です」

なんかすごい誤解をされそうになってしまったので慌てて否定したが、

「勘？」

より変な顔をされてしまった。

ああ、なんかうまくいかない、しかし、この場にセザールが現れたことで、ますますあのイベントが今日である可能性が高まった。

「もう、そのへんのことはいいので、急ぎましょう！」

説明が面倒になった私がそう促すと、セザールは眉を顰《ひそ》めつつ、

「納得はできないが、急ぐことには同意だ」

と言い、二人でマリアの家の方まで駆けた。

「お前、その服をたくし上げて走るのはソルシエの貴族令嬢として大丈夫なのか？」

「今は、それどころでないので」

そんなやり取りをしながらたどり着いたマリアの家は、ドア側の見た目からは何も変なところはなかった。窓はカーテンが閉まっていて中が見えない。

そういえば、マリアに非公式でついているという護衛はどこにいるんだろうと周りを見渡してみるが、それらしき姿は見つけられない。

私は前に来た時と同じようにドアに近寄り、ノックをして声をかけた。

「すみません」

しかし中から声は返ってこない。だけど、

「……人の気配がする」

セザールがぼそりと言った。

そう返事はないけどなんとなく人がいるような気配がするのだ。

私はドアを開けようとしてみたけど、鍵《かぎ》がかかっているのか開かなかった。

どうしたものかと考えていると、

「非常事態だから許してくれ、あとできちんと弁償する」

そう言ったセザールがドアに体当たりをして、そのままドアをぶち破った。

あまりに突然のその行動に、一瞬ポカーンとなってしまったけど、ドアがなくなり中の様子が見えると、一気に頭は覚醒した。

何度か訪れたことがあるマリアの家は入り口をくぐると、すぐにテーブルとキッチンがあった。

このあたりではありふれた平民の家のつくり、だけどマリアたち家族が整えた質素だけど温かみのある空間がそこにはいつもあった。

だけど、今、その素敵な場所はめちゃくちゃに荒らされていた。

椅子がなぎ倒され、床には人がうつぶせに倒れていた。

はじめはそれがマリアかと思って慌てて駆けよったが違った。

マリアに似ているけど長くのびた髪、マリアのお母さんだった。

「おばさん大丈夫ですか？」

しゃがんで、身体《からだ》に手をかけ必死に呼びかけるが返事はない。

いつも優しく出迎えてくれていたおばさんの、ぐったりした姿に血の気が引いていく。

そこでセザールが私の手をとり制止させ、おばさんの口元と首に手をやり、

「大丈夫だ。ちゃんと脈もあるし、息もしている。ただ頭を打ったりしていると危ないから、あまり動かさないほうがいい」

と冷静に言った。

その言葉にほんの少しだけ気持ちが落ち着いた。

「どうしておばさんがこんなことに、それにこの室内は……」

よくよく周りを見てみれば、椅子が倒れているだけでなく床は土で汚れ、テーブルから落ちた皿が割れている。これはただごとではない。

誰がこんなひどいことをと怒りを覚え、身体の奥の方になんともいえない冷たさを感じた。

そこで、ドンと大きな音が奥から聞こえた。それはマリアの部屋のドアの方からだった。

私はすぐに立ち上がりそちらへ向かったが、それより早くセザールが動き、マリアの部屋のドアに張り付いた。

セザールはドアに耳を当て、私に下がるように手で指示をだして、そして腰にさげている剣の柄《つか》に片手をかけながら、反対の手でドアを一気にあけた。

何度か訪れたマリアの部屋、質素だけど温かみのあるマリアらしい部屋があったはずの場所は、テーブルとキッチンのある部屋と同じように、床が土で汚れ、机と椅子は倒された状態だった。

そして夢のゲーム画面で見た幹部カタリナの手下だったあのガラの悪そうな男たちが並んでいた。

ただ違うのは彼らの前にいるのがカタリナではなく、黒髪の女性、サラだということだろう。

そして、ゲーム画面ではセザールの後ろに守られていたはずのマリアは――黒い闇に包まれていた。

正確にいうと黒い巨大な蛇のような形をしたものに締め上げられ、ぐったりとしていた。その顔色はここからでもわかるほど青白い。

「マリア!?」

なんてひどいことを！　再び強い怒りを覚え、さらに身体の奥の冷たさが増した。

すかさずセザールが部屋の中へと入り、入り口から一番近い男を剣の鞘《さや》で叩きのめした。

私は、ぐったりしたマリアの様子に、無我夢中で髑髏ステッキを作り出した。

自分で出した闇は素早く吸い込めていた。それに以前ジオルドとキースと共にサラの出した闇に閉じこめられた時も吸い込めていたのだ。

この巨大な蛇のようなものもきっと元は闇だ、ならば吸い込む魔法でいけるはずだ。

そう信じて、必死に闇を吸い込むイメージを黒い蛇のようなものに向けた。

しゅるっと蛇の尾っぽが私のステッキの中に吸い込まれた。

よしいける！　私はより強くイメージした。蛇を吸い取る！

さらに勢いよくしゅるしゅると蛇は私のステッキの中へと吸い込まれる。

サラと男たちはそんな私と、そしてセザールに呆然《ぼうぜん》とした顔を向けている。あまりの急展開に頭がついていかないという感じなのかもしれない。

そうしている間にセザールがまた別の男を剣で叩きのめしている。

闇の蛇が私のステッキの中へと消えると、支えを失いマリアが床に倒れ込みそうになるが、セザールがそんな彼女をすかさず抱きとめる。

そこで男たちが正気に戻ってしまったようで剣を握り、マリアを支えるセザールに斬りかかった。

咄嗟《とっさ》のことで闇のステッキを構えたままの私は反応できず、マリアを抱えたセザールも剣で対応できず、結果的にセザールがマリアを抱えたまま剣をよけて転がった。

ただマリアを抱えていたこともあってか、完全に剣をよけきれなかったようで、その腕から赤い血が飛び散って、セザールの服には血がにじんだ。

無残に荒らされた部屋、倒れた意識のないマリアの母、青い白顔のぐったりしたマリア、私の怒りは頂点にまで達していた。

そして目の前に飛び散ったセザールの赤い血を目にすると、何かが『ぐしゃり』と壊れる音がした。

……ゆるせない。

そんな思いが心をよぎると、今までに感じたことのない不思議な感覚を覚えた。

身体の奥に生まれた『冷たいもの』が、身の内からぶわりとあふれ出てくるような感覚。

その感覚はなんだかひどく気持ちが悪いものだった。

ステッキを握ったまま下げていた腕が、操られるようにすっと上がるのを私はまるで他人事のように見ていた。

上がった手はゆっくり振り下ろされ、ステッキからぶわりと黒い闇があふれ出てくる。

今までこんなに闇が出せたことなどなかったのに、闇はどんどんどんどんとあふれ大きな塊になった。

そして、闇はぐにゃりと自ら形を変えた。

それは先ほどマリアを締め上げていた蛇と同じものだった。ただその大きさは先ほどより二回り近く大きい。

その大きな蛇はしゅるしゅると床を這《は》い、男たちの方へと向かった。

男たちの顔が恐怖で歪む。サラは目を見開いていた。

そして、男たちの元へたどりついた蛇はその大きな身体で、逃げまどう男たちを包み込むとぐいぐいと締め上げていく。

『ぐえっ』『助けてくれ』『やめてくれ』

苦しそうに声をあげ、顔をゆがませる男たちの様子は、ゲームを画面越しに見ているようでまったく現実味がなかった。

むしろゲームだってもっと感情移入ができた。なんというか、もうまったくそちらに感心が持てないそんな状態だ。

そんなことより、身の内から冷たさがまるで吹雪のようにどんどんと吹き出てくることが問題だ。

吹雪が身体を呑《の》み込んでいく。寒い、寒い、寒い。

次第に寒いという感情以外が消えていく。

どこか遠くで誰かが何か言っているような気もするけど、そちらに意識を向けることができない。

吹雪はどんどんひどくなる。頭もぼんやりする。このままもう意識を手放してしまったほうが楽な気がする。

真っ黒な闇が広がっていく。

『カタリナ、おい、カタリナ、しっかりしろ、正気にもどれ、マリアも、俺も無事だ。大丈夫だから！』

暗闇に微《かす》かにそんな声が聞こえた。

少しだけ視界が開けた。必死な顔をしたセザールが私の肩をつかんで声を張りあげているようだ。

マリアもセザールも大丈夫だったんだ。よかった。

視界も少しだけ開けて声もわずかに届いたけど、やっぱり身体を動かすことはできず声もあげられない。あふれ出る冷たい吹雪も止まらない。

どうしたらいいんだろう。

必死な顔のセザール、私がこのまま元に戻れなければ、マリアにも、皆にも心配をかけてしまう。

戻りたい。吹雪を止めたい。どうすればいいの？

身体は動かないのに、頬に濡れたものが伝っていくのはわかった。

そこでセザールが目を見開き、そしてその綺麗な顔をぐっと寄せてきた。

セザール？　と不思議に思うとかぷりという感触が――。

「えっ、せ、セザールさん！　何するんですか⁉」

そう叫んで、声が出たことに自分で驚いて思わず口を手で覆った。

あっ、手も動かせる！　試しに足踏みをしてみたら、できた。身体が動かせるようになった。

「よかった。正気になったな」

手足をくるくる回す私に、セザールが安堵《あんど》の表情を浮かべ言った。

「えっ、しょうきになった？」

どういうことだろう？

「お前、目の中真っ黒にして、完全に正気を失ってたんだよ」

私、そんな状態だったのか！　そりゃあ、セザールも必死な顔で呼びかけてくるはずだ。

「それでなんか黒い変なのどんどん出すし、どうにかしないとまずいと思って、声をかけたけど全然駄目でな。男なら正気にするのに軽く殴ってみるとこだが、さすがに女には手はあげられないからどうしようかと思っていたところで、お前が泣いたからより焦って……」

セザールはそこで申し訳なさそうな顔をした。

「虚《きょ》をつくために噛んでしまった。すまない」

「あっ⁉」

セザールの発言で私は先ほどの出来事を思い出した。

視界が開け、必死な顔で私に呼びかけるセザール、それからその美しい顔が近づいてきた。そして、鼻をカプリと噛まれたのだった。

思い出して鼻をおさえた私に、セザールが、

「痛いか？」

なんて心配そうに聞いてきたので、

「いえいえ、全然、噛まれた時もびっくりしただけで痛くはなかったです」

と告げると、

「そうか」

とほっとした顔をした。

そうだ。私、セザールに鼻を噛まれて、あまりにびっくりして、そしたら身体が動くようになって、それから、あんなに寒かった吹雪もいつの間にか止んでいた。

「咄嗟のことで、なんで自分でもあんなことしてしまったのか、わからないが、とにかく悪かった。犬にでもなめられたと思って忘れてくれ」

セザールが再び申し訳なさそうにそう言った。

すごく申し訳なさそうなセザールのその様子に、助けてもらった身として、

「いえ、その、そんなに謝らないでください。むしろ助けていただいてありがとうございます。あのままだったらどうなっていたか」

身体の中で吹き荒れる冷たい吹雪に身を任せ、意識を手放していたら、きっともうこちら側には戻ってこられなかった気がする。

そう考えれば鼻を噛まれるくらいなんてことない、むしろセザールにはいくら感謝してもしたりないくらいだ。

「そう言ってもらえるとこちらも助かる」

セザールはそこで一度、言葉を切り、

「ではその話はここまでにして、まずはこの状況をなんとかしなくてはな」

と口にした。

私はそこではっとしてようやく周りに目をやった。

マリアは目をつむったままだったが、最初に見た時よりずっと顔色のよい状態で丁寧に床に横にされていたが、他の人間は皆、床に倒れ込んでいた。

さらにその身体には黒いもやの残骸のようなものが少しこびりついていた。

なんともおどろおどろしい光景だ。

これを私がやったんだ。

先ほど身体が勝手に動き、ステッキから黒い蛇のような闇を出したのをぼんやりと覚えている。その闇の蛇が彼らをこのようにしたのだろう。皆、苦しそうな顔でそのまま意識を失っているようだ。

ただサラだけは倒れた時に髪が顔をおおっているので表情は見えないけど、きっと他の人と同じような顔をしている気がする。

マリアやマリアのお母さんにしたこと、セザールを傷つけたことにものすごく腹が立ったけど、だけどこんな風にするつもりなんてなかった。

ただマリアたちを助けたかった。それだけなのに――私は自分の身体を思わずぎゅっと抱きしめた。

ポチになつかれ闇の魔法使いになってそれなりに時が経ったけど、こんな風に力が暴走したようになったのは初めてだった。

なぜか今まで、自分は大丈夫と思っていただけにすごく怖いと感じた。

身体が小さく震えてきたので、より強く自分の腕で抱きしめるが、震えは止まってくれない。おかしいなあの身の内から出るような寒さは消えたはずなのに。

そこでセザールがばさりと私に上着をかけてくれた。

「今は余計なことは考えなくていい、この状況をどうするかだけを考えろ」

どこかぶっきらぼうに言われたその言葉と上着に、震えは落ち着く。

確かに今はまずこの場をどうするかを考えなくてはいけない。自分のことを考えるのはその後でいい。

私は頭を振って気持ちを切り替えた。

「あっ、セザールさん、傷は大丈夫ですか?」

先ほど、斬りつけられた場所はまだ赤くそまっている。

「ああ、かすり傷だから問題ない」

セザールはそんな風に言ったけど服は真っ赤だし、血のしずくも少しずつ落ちている。

これがかすり傷であるはずがない。

「見せてください」

私は半ば《なか》強引にセザールの腕を引き寄せ、服の袖をがばりとめくり、血が出ている部分に目をやった。

セザールの腕は一部がぱっくりと開きそこから血があふれ出ていた。

やっぱり全然、かすり傷じゃないじゃないか。

慌ててハンカチを取り出し、傷口に当てるけれど血はドンドンあふれてハンカチが真っ赤に染まってしまう。

かなりの血だ。このまま流れつづけるとまずいだろう。

前世では結構やんちゃで深い切り傷を作ることも多かった。血がドクドクと流れてなかなか止まらない時もあった。そういう時はしっかり縛って止血するのだと教えてくれたのは、私と同じ怪我《けが》常習犯の年の近い兄だった。

何か止血するのに使えるような布があればいいのだが、ハンカチはすでに血だらけだし、そもそも長さが足りそうにない。周りを見渡すが使えそうなものは見つけられない。

よし、ないならば作ればいい。

私は自分のスカートのすそをびりびりと破った。前に破った時にわりと簡単に破れるのを知っていたからだ。

そこそこの長さに破けた布でセザールの腕を縛る。

正確なやり方はわからない、前世で兄がやってくれたものの見よう見まねだ。少しでも血が止まるように。

そんな私をセザールはぽかんとした顔で見ていた。

「どうしたんですか？」

と聞くと、

「いや、お前、どこでこんなことを覚えたんだ？」

不思議そうな顔で逆に聞き返された。

そうか、普通の貴族令嬢はこういうことできないのか、というか私も今世ではやったことなかったからな。どう言っていいのか迷っていると、セザールは、

「……お前も色々とあるんだな」

と何やら勝手に納得してくれた。

見よう見まねの止血だったけど、どうやらなんとなくうまくいったようで血が滴らなくなってきた。よかった。

セザールがとりあえず大丈夫そうということで、今度は横たわるマリアの元へといく。

顔色はすっかり元に戻っている。

よかった、あのひどい顔色は黒い蛇に締め上げられていたせいだったようだ。

口元に手を当てるとしっかり息をしているのを確認し、さらにほっとする。

気になり、倒れている男たちやサラの方へも行こうと思ったのだが、セザールに制止される。

「皆、意識はないようだが、危険がないとは言えない。お前は安易に近づくな」

「あっ、はい」

それもそうかもしれない。近づいて飛び起きて攻撃されたらどうにもならないからな。

そんな風に思った時だった。セザールが急にばっと私を背に庇ってドアの方を向いた。

驚いてセザールと同じくドアの方へ目をやると、そこには一人の男が立っていた。

「あらら、やられちゃったんだね」

まるで緊張感のない声音で男はそんな風にしゃべった。

年はお父様と同じくらいに見えるけど、なんというか色気のある美しい男だった。

誰、なんだろうこの人？

セザールの警戒の仕方から見て味方ではないとは思うのだけど、だけど敵意というものも感じない。それになんだかどこかで見たことがあるような気もするのだけど。

じっとセザールの背中越しに観察していると、ばちりと目が合った。

すると男はすっと目を細め、

「はじめまして、カタリナ・クラエス嬢」

そう言ってにこりと笑いかけてきた。

あれ、初めましてだった。見たことある気がしたのは気のせいのようだ。

「えっ、あっ、はじめまして」

反射的に同じように返すと、男性はくすくすと笑った。

「噂《うわさ》通り面白い子だな。それでこれは君がやったのかい？」

男は倒れている男たちとサラに目線をやりながらそう聞いてきた。

「……うっ、はい。すみません」

罪悪感で思わず謝って頭を下げると、セザールが「そこは謝るとこじゃない」と言った。

「ふ〜ん」

男はそう言ったきり、少ししゃべらなくなり、

「君はなんか変な子だね」

次にそう声が聞こえたのはわりと近くで、下げていた頭をあげると彼はセザールのすぐ前まで来ていた。

セザールの身体が強張《こわば》り、警戒が強くなる。

男は灰色の瞳でじっとこちらを見て、

「能力や状況を考えれば、君はこちら側の人間であってもおかしくはないのに」

と口にした。

「何を言っているんだ？」

セザールが怪訝《けげん》そうな声で男の言葉にそう反応したが、私には男の言葉の意味がなんとなくわかった。

そう私、『カタリナ・クラエス』は本来ならあちら側、敵側の人間だったはずだ。

夢で見たゲーム画面の中、このシーンであの男たちを率いてマリアとセザールを襲っていたのはサラではなくカタリナだった。

ほとんど魔力もなければ頭もさほどよくないのに王子の婚約者になり、王子と仲良くするマリアに嫉妬し、犯罪まがいの嫌がらせをして国外に追放となる。

そしてそこで闇の魔力を手に入れ、再びマリアの前に敵として立ちはだかる。

『カタリナ・クラエス』はそういう存在だった。

それが偶然、前世を思い出したことで周りが変化して、今、私は追放されることなく攻略対象達とそして主人公とも仲良くできている。

だけど、ゲームの強制力なのかなんなのか、私は闇の使い魔を手にいれ、闇の魔力を持つことになってしまった。

そして今、その魔力で人を傷つけてしまった。

この男の言う通り、私は――。

「揺れるな。大丈夫だ」

まるで私の心を見透かしたようなその言葉に、発したセザールを仰ぎ見れば、強いまなざしを向けられた。

「お前が何に動揺しているのかはわからんが、こんな男の話を聞く必要はない」

そのセザールの言葉に男性が反応した。

「こんな男とは失礼ですね。王子様」

肩をすくめてどこか冗談めかして言う男は、私だけでなくセザールのことも知っているようだった。

「お前は何をしにきたんだ。公の場には出てこないのではなかったのか？」

セザールが男にそう問いかけた。

セザールはこの男のことを知っている？

「う～ん、基本的には出ないようにしているけど、時と場合によるかな。今回は緊急だったからね」

そう言った男が動きだそうとし、セザールが身構えるが、男はこちらとは反対にスタスタと歩き、そこで横たわっていたサラをひょいっとお姫様抱っこした。

「この子だけは捨て駒ではないから、もしもの時は回収してくるように言われているんだ」

サラを抱えたままにこりと笑って男はそんなことを言った。

『この子だけは捨て駒ではない』つまり他の男たちは捨て駒ということなのだろう。

「じゃあね」

男はサラを抱えたまま、そう言って普通に出ていこうとする。あんまり普通なもので「さようなら」と返しそうになったが、

「それをみすみす見逃《みのが》すとでも」

セザールが剣に手をかけ男を睨《にら》んだ。

元傭兵の本気に後ろにいるだけの私でもピリピリしたものを感じたけど、男の方は変わらないへらへらした顔で、

「王子様の剣の腕は噂で聞いているけど、そこから俺を狙うのと、俺が魔法を放つのだと俺の方が有利だよ。こう見えて俺、かなり魔力が強いんだ」

その言葉と共に室内に風が吹き荒れた。ひどい暴風で目を開けていられなくて閉じ、顔を手で庇う。

ようやく風が落ち着いて目を開ければ床に伸びていた男たちは壁に叩きつけられていたが、マリアはセザールが抱えていた。意識のないマリアを咄嗟に風からかばってくれたようだ。さすがセザール。

しかし、そこにはもう先ほどの男の姿はなかった。

男もそしてサラも取り逃がしてしまったのだ。

気付いたセザールが小さく舌打ちしたが、すぐに気を取り戻したように、

「マリア・キャンベルたちを安全な場所に運ぶ、それから俺がそこの男たちを拘束《こうそく》する」

と口にしテキパキと動き始めたことで、私も気持ちを切り替え、何かしなければと動いた。

セザールがマリアとマリアの母を安全な場所へ慎重に運び、私は二人に運んできたシーツをかけた。

二人とも顔色も戻ってきていて呼吸も落ち着いているようで、ほっとする。

そこからセザールが男たちを縄で拘束しておくというので、私も手伝おうと思ったが、危険だと却下された。

代わりに外部に連絡するように言われ、ラファエルに預けられていた魔法道具で連絡をとった。

連絡が終わりマリアの部屋に顔を出すと、ラファエルが上手《じょうず》に男たちを縛り上げていた。男たちの容態も気になっていると、察したセザールが「命に別状はない、大きな怪我をしているようにも見えない」と教えてくれて、彼らをこんなふうにしてしまった張本人としては、ほっとした。

そのあたりの会話をしている頃に、応援部隊がやってきた。

セザールの方でも連絡したようで、セザールの従者ジャンの姿もあった。

やってきた人たちの中には医師もいてテキパキと、マリアやマリア母を診察してくれ、また捕えられていた男たちもみてくれた。

倒れていた男たちは運よく？　応援がきた時に目覚めたことで、自らの足で歩いて連行されることとなった。

元気に悪態をついている様子に、セザールの予想通り大きな怪我などがないようで再びほっとした。

マリアたちも男たちの悪態で目を覚まし、互いに無事なことに喜んだ。

二人から聞き取ったことによると男たちは突然、自宅に押し入ってきたらしい。マリアの母はすぐさま殴られ倒れたところで頭を打って気絶し、騒ぎで部屋から出てきたマリアはそのままサラの闇魔法で拘束されたとのことだった。

それはあっという間の出来事だったという。

私たちがマリアの家に到着したのはまさにその直後だったということだ。

本当によかった。もう少し遅かったら、マリアたちがどうなっていたかと思うとぞっとする。

自分がやってしまった手前、あの男たちに大きな怪我がないことにほっとしたけど、この話を聞くとあいつら少しは怪我しててもよかったかもと思えてきた。

それからマリアは私にすごく感謝してくれた。

「もうだめだって思った時にカタリナ様の声が聞こえてきて、もう少し頑張ろうと思えたんです」

どうやらあの時の声が届いていたみたいだ。

闇の魔法については、暴走させてしまい怖くて罪悪感もひどいけど、それでもそのお陰でマリアを助けられたことだけはよかった。そう思えた。

それからマリアにこっそりついていた護衛の人たちは皆、意識を奪われ、茂みに隠されるように転がされていたということだ。彼らには闇の魔法が使われた形跡があり、病院でしっかり検査を受けることとなった。

そしてマリアたちも再度きちんと診察を受けたほうがよいと病院へ、私とセザールもちゃんと事情聴取を受けるということで魔法省へと移動することとなった。

第五章　王子様の嫉妬

魔法省へ戻るとすぐさまラファエルが飛んできた。

私が不穏なことを言って出かけていったのでずっと心配し、その後にサラたち闇の魔法を使う者たちと対峙《たいじ》したことを連絡してきたので、それはもう心配したのだという。

本当は応援部隊として自らも行きたかったらしいが、仕事の都合上、どうしても無理で私が魔法省へ来るのを今か今かと仕事を片付けながら待っていたらしい。

「気を付けるようにいったのに、またあなたは無茶をして！　怪我《けが》はないですか、身体《からだ》はどこかおかしなところはないですか？」

それはそれは心配してくれて、とても申し訳なくなった。

「大丈夫です。どこも怪我はないです」

そう言ったらようやくほっとした顔をしてくれた。


それから私は闇魔法について知るラーナと、ラーナの暴走を制御する役目のサイラスによる事情聴取を受けることとなった。

闇の魔法を知る関係者だけの場になったので、私は自分の意思とは関係なく闇の魔法を使うという魔力の暴走行為のようなことをしてしまったことを話した。

「身体から冷たい吹雪が吹きでるような感覚がしたか、なんというか確かに魔力の暴走という感じではあるな」

私の話を聞いたラーナは真面目《まじめ》な顔でそう言い、サイラスは眉《まゆ》を顰《ひそ》め、

「そのようだな」

と頷《うなず》いた。

私は土の魔力を持っているけど、その量はほんのちょっぴりなので今まで、魔力の暴走というものを起こしたことはなかった。

だけど義弟のキースが我が家に来た当時、強い魔力をまだ上手《うま》くコントロールできなくて暴走のようになってしまったことがある。

それは私のせいだったので、その後に魔力の暴走について調べた知識として知っていたため、今回の状態はそうではないかと思ったのだ。

しかし、魔力の暴走が起こったとすると、

「私の闇の魔力は高めなのでしょうか？」

魔力が暴走するというのは、魔力が高く、それを制御できないために起こることが多いとされている。

つまり今回、私の闇の魔力が暴走したのはそのためだったのではないかと考えたのだ。

「うむ。闇の魔力の高さというものはまだよくわかっていないのだが、カタリナ嬢の今回の件

を考えると高い可能性はあるな」

ラーナは口元に手をあて考え込むようにそう言った。

闇の魔力はずっと王族によって隠されていたもので、それが前王の後継者争いの際に、王族の何者かによって外に出てしまったものだ。そのため魔法省でも一部の者しか知らず、解明も進んでいない状況なのだ。

「しかし、魔力の暴走はただ魔力が高いから起こることではないぞ。それが起こってしまう要因に感情の乱れもあるからな」

サイラスがそのように言った。

「あっ、そうですね。それもありましたね」

感情が乱れると魔力が乱れるというのは確かに聞く話だ。

まぁ、土ボコしかできない私にはよくわからない話だったので咄嗟《とっさ》に浮かばなかった。

「魔力の暴走が起こる前にカタリナ嬢が強く怒りを感じたというのも、関係があるかもしれない。闇の魔力は負の感情を糧《かて》にできるというのは、わかっているからな」

ラーナにそんな風に言われれば、確かに怒りをすごく強く感じた時に、ああなったような気もする。

ただそのあたりはぼんやりとしてしまっていて、『そうだ』とも言い切れないのだが。

「では、またあのようになってしまう可能性があるのですか？」

そう考えるとすごく怖い。あの時、私はまるで私ではなくなってしまったように感じたから。

「ありえないことではないな」

サイラスが眉間《みけん》の皺《しわ》を深くしてそう言う。

「その、どうすればいいですか？　私、もうあんな風になりたくないです！」

私が必死にそう聞くと、二人は考え込んだ。

しばらくしてラーナが口を開いた。

「感情を抑えるというのは難しいことだ。ただカタリナ嬢が怒りを覚えるのはきっと大切な人のためなのだろう？」

「そうですね。その方が多いかもしれません」

確かに私は自分のことではさほど腹が立つことはない。だけど大事な人がひどい目にあうと、我慢できないことが多い。

「やはりな。ならば、怒りにのまれ魔力が暴走してしまうと、その大切な人を傷つけてしまうかもしれないと考えるんだ。そうすれば怒りを抑えて落ち着けるかもしれない」

そうか！　私が怒ることで大切な人が傷つくかもしれないと思えば、抑えられるかもしれない。

「それ、ききそうです！　次、もし今日みたいなことが起きそうになったらやってみます！」

「そうか、よかった！」

そう言って喜ぶ私とラーナにサイラスが、

「おい、それが確実に可能かわからないだろう。まず次が起きないように、対策を考える必要がある」

そう窘《たしな》めるように言った。

その通りであるため、喜びをとりあえず引っこめ、殊勝な顔で、

「はい」

と頷いた。

対策については『感情的にならないよう心がける。特に負の感情を溜《た》めこまないようにする』『闇魔法を使わざるを得ない時は十分に注意する』『あの危険な組織に関わらないように危ない行動はしない』などがサイラスによって立てられ、私とそしてなぜかラーナも気を付けるように言い渡された。

他《ほか》にも何か対策が見つかれば随時知らせてくれることになった。

そこまで話してこれで終わりかと思ったのだけど、

「それでそこまでの状態になって、どうやって正気に戻ったんだ？　そこをくわしく教えてくれ」

とラーナが興味津々といった感じで聞いてきた。

そう私はどうやって戻ったかの詳しい過程を説明していない。なんとなく貴族令嬢として人に話すのは少し恥ずかしいことかなと思ってしまって。

しかし、この目を輝かせたラーナ、真剣な顔で説明を促すサイラスを前に白状しないわけにはいかない。

「あの、私の異常を察したセザール王子が、私を正気にさせようと驚かせてくれたんです。それで正気に返ることができたんです」

私は詳しいことはぼかしつつそう話した。

「我を忘れている人物を驚かせ、一瞬、思考を奪いその隙《すき》に正気にしたという訳か、エテェネルの王子はなかなかやるな」

サイラスはそう感心したようだが、ラーナの方は、

「そうか、それで驚かすとはどんなことをされたんだ。耳元で大声で叫ばれでもしたか？」

聞いてほしくないことを突っ込んで聞いてきた。

あ〜、やはりそこを話さないわけにはいかないよね。

「その……鼻を」

「鼻を？」

「噛《か》まれました」

なんとなく時間が止まったように一瞬、部屋がしーんとなった。

しばしの時が流れ、サイラスが、

「その、君を驚かせるためにエテェネルの王子が君の鼻を噛んだということか？」

真剣な顔で再度聞いてきたので、こちらも真剣な顔で、

「はい。そうです」

と答えた。

またしばしの沈黙が部屋を襲った。そして、

「あははははは」

ラーナの爆笑が室内に響き渡った。

「あはははは、驚かせるために鼻を噛むって、なんだそれ、もっと何かなかったのか、あはははは」

大爆笑なラーナに、私も今更ながらなぜ鼻を噛まれたのだろうと疑問に思った。

ただあの時は急に鼻を噛まれたことに驚いて、そのお陰で助かったということのほうが大きくて、なぜ鼻を──とならなかったのだ。

「……何か、エテェネル流の驚かせ方とかなのか？」

そう言って真剣に考え込むサイラスと、まだ笑いが収まらないラーナ。

部屋の中がなんだかカオスな雰囲気になってきた。

しかし貴族令嬢として鼻を噛まれるなんてはしたないとか言われなくて何よりだった。

やがて、笑い終えたラーナがさらりと、

「ではそのことについても記録させてもらうな」

と言うものだから驚いてしまった。

「えっ！　今の話を記録するんですか？　その、私が鼻を噛まれたこともですか!?」

「ああ、そこは特に重要だからな。もし今後、カタリナ嬢が同じ状態になった時に必要になるかもしれないからな」

「そ、そんな、まさか私、毎回、鼻を噛まれることに!?」

「さすがに、そこまでにはならないと思うぞ。先ほど対処法も考えたことだしな」

「あっ、そうでしたね。……でもその記録はたくさんの人に読まれるのでは……」

そうするといろいろと言われるかもしれない私も、それからセザールも。

私はともかく助けてくれたセザールがいろいろと言われるのは申し訳ない。

「ああ、このへんの君やエテェネルの王子の今後に関わりそうなところは、本当に必要な一部のものにしか見せないから安心するといい」

ラーナのその言葉にほっと息を吐いた。

その後に私がマリアの危機を感じた件なども突っ込まれたけど、以前にも（ラファエルの起こした事件）そのようなことがあったとの報告があり、すごくそういう勘の鋭い子という認識でなんとかなった。

ただラーナはすごく調べてみたそうな目で見ていたけど。

そうして現れた謎《なぞ》の男のことや、サラのことなども細かく説明し、日も落ちてきた頃にようやく事情聴取は終わりとなった。

マリアたちは病院で医師にきちんと診察され、魔法省内の施設に（後に連絡を受けたお父さんも来て）親子で宿泊することになったそうだ。

非公認の護衛さんたちも大丈夫だったそうだ。

そして、セザールの方の事情聴取はまだ続いているとのことだったけど、私はなんだかかなり疲労感を覚えていたので、お礼はまた明日にということで先に失礼させてもらうことにした。

クラエス家の馬車に乗り込み、ふ～と大きく息を吐く。

マリアの家で捕えられた男たちは皆、ほとんど事情をわかっていない雇われた破落戸《ごろつき》だったそうだ。

『この子だけは捨て駒ではないから、もしもの時は回収してくるように言われているんだ』

あの時現れた謎の男が言ったように、サラ以外の人たちは捨て駒だったということなのだろう。

そしてゲームのカタリナもおそらくそうだったのだろう。だからあの場面で捕まって捕えられた。

復讐《ふくしゅう》心を利用され闇の魔力を手に入れるように仕向けられて、そして失敗したらそのまま捨てられた。

そう考えると、今までただの『悪い奴《やつ》』としか思っていなかったゲームのカタリナのことが少し可哀《かわい》そうに思えてきた。

だけど、それと同時にこれでセザールのルートで捕まるという破滅が消えたことに安堵《あんど》も感じた。

まだゲームは終わっていないし、わかっていない隠しキャラもいる。他の攻略対象たちがどうなるかもわからない。

それでも一つ乗り切った感に、私は身体の力を抜き、窓の外、流れる夕日に照らされた景色を眺めながら、再び、大きく息をはいた。


昨日は屋敷に着くなり、爆睡してしまい。気付けば朝を迎えていた。

そしてまた朝イチでキースに突撃され、あれやこれやを聞かれて、小言をくらってしまった。

ただ今回のことについては私も危険なことに首を突っ込んでしまった自覚が強かったのでしっかり謝った。

さて、そんな風に朝を迎えた本日だが、実に運のいいことにお休みだったので、昨日、ろくにお礼も言えなかったセザールの元へ改めてお礼に行こうかなと思っていたら、

「カタリナ様、お客様がおいでです」

と使用人から声をかけられた。

あれ、こんな風に声をかけられるのは珍しい。

普段から幼馴染《おさななじみ》たちがまるで第二の我が家のように入りびたっているクラエス家でわざわざ、客が来たと言わないのだ。一体、誰《だれ》だろう。

不思議に思いつつ、すぐに支度を整え、お客が来ているという部屋へ向かうと、そこには、今まさに先ぶれを出して会いに行こうと思っていた人の姿があった。

「セザールさん、どうしたんですか？」

驚いて挨拶《あいさつ》もしないまま、そう聞いてしまった。

そんな私を見てセザールは目を細めた。

「昨日は会えないまま解散になったから、お前の体調がどうしても気になってな。大丈夫か？」

昨日、私は暴走してしまった闇の魔力や、あの男の発言でかなり動揺していた。

セザールはそんな私を気にかけて様子を見に来てくれたようだ。優しい人だ。

「はい。お陰様で一晩、ぐっすり寝たらすっきりしました」

しっかりご飯を食べてたっぷり眠れば、次の日にはほぼ元気になれるのが、私の特技なのだ。

「そうか、それならよかった」

セザールはそう言ってほっとした表情を見せた。

「事情聴取はどうだった？」

セザールの問いに私は、

「そうですね。見知った上司にあったことを細かく聞かれた感じですね」

そう答え、そういえば非常事態でセザールに鼻を噛まれたことも話したことを思い出した。

これは私だけでなく、セザールの名誉にも関わることだから、言っておかなくてはいけない気がした。

「あの、それでその時に、セザールさんが私を正気に戻すために驚かせてくれた方法も話さないわけにはいかなくて、すみません」

　私がそう謝ると、

「いや、それは聞かれるであろうことだから仕方がない。むしろ緊急事態で咄嗟にしてしまったこととはいえ、あのようなことをしてすまなかった」

　今度はセザールがそう言って頭を下げてきた。

「いえいえ、あの時、ああして助けてもらっていなければ私はどうなっていたか。こちらがお礼を言わなきゃいけないのであってセザールさんが謝ることではありません」

　私がぶんぶんと手を横に振ってそう主張すると、ようやくセザールは顔を上げた。そして、

「そう言ってもらえて助かる」

　と笑顔を見せた。

「しかし、セザールさんの顔が迫ってきた時は驚きました。何をされるんだって」

　私があの時を思い出してそう言うと、セザールがいたずらっ子のようににやりとした。

「もしかして口づけでもされると思ったか？」

「えっ、く、口づけ⁉」

　とはキスのことだよね⁉　えっ、まさかそんな！

　あわあわする私に、セザールはクスっと笑って、

「こんな風に――」

　そう言いながら、顔を近づけてきたものだから固まってしまう。

近づいた顔は驚くほど色っぽくて綺麗《きれい》だ。

そこで先ほどまでの揶揄《からか》うような顔をやめ、真剣な顔になったセザールが、

「カタリナ、俺《おれ》は――」

そう口を開いた時だった。

バターンと大きな音がしてドアが開いた。

そして勢いよくドア開けた人物は、そのままずんずんと入ってきて、私の肩を掴《つか》むと自分の方へと引きせよた。そして、

「セザール様、僕の婚約者にあまり気安く近づかないでもらえますか」

と険しい声色で告げた。

私だったらすぐ『すみません』と言ってしまいそうな迫力だったけど、セザールは、

「これはジオルド様、お世話になっています」

と優雅に挨拶を返した。

そのためジオルドも眉間に皺を寄せながら、

「これはどうも」

と一応の挨拶らしいものを返していた。

しかし、相手が王族であることを考えると、ちょっとまずいんじゃないかというものだった。

普段のジオルドだったらありえない態度だ。

「それより、セザール様はなぜ僕の婚約者の家に居られるのでしょうか？」

「ああ、昨日、カタリナ様と一緒に事件に巻き込まれたのですが、その後の彼女の様子が気になって訪ねさせてもらったのです」

「それはわざわざありがとうございます。しかし、カタリナは僕の婚約者ですので、彼女のことは僕に任せてもらって大丈夫ですから」

ジオルドは珍しくなぜか敵意むき出しという感じだけど、セザールはそんなジオルドにも飄々《ひょうひょう》とした雰囲気を崩すことなく対応している。

「そうですか、ですが昨日、共に戦った身としては、気になりまして。それに謝罪したいこともありましたので」

セザールはそこで言葉を切ると私に顔を向け、『ねっ』という風に笑顔をよこした。

えっ、謝罪したいことって、もしかして鼻を噛んだことか!?

いや、それは本当にもういいよ。

「あの、その件についてはもう本当にいいので、セザールさんも忘れてください」

私が手を横にぶんぶんと振って言うと、セザールでなく肩を掴んでいたジオルドがピクリと動いて口を開いた。

「……セザールさん？」

険しい声音のそれに今度は私がびくりとなる。

あっ、しまった。動揺してつい二人の時のようにさん付けで呼んでしまった。これは不敬だと怒られるかもとあせった私が口を開く前に、

「私がぜひそう呼んでくださいと言ったのです。カタリナ様とは親しくさせてもらっているので」

　セザールがそんな風に答えた。

　すると肩を掴んでいるジオルドの手の力が強くなった。

　どうしたのだろうとジオルドを仰ぎ見ると眉間に皺が寄った実に険しい顔をしていた。

　普段は常に王子様スマイルを浮かべて、顔にあまり感情が出ないようにしているらしいジオルドが、他者のそれも他国の王族の前でこんな顔を見せるなんてまずなかったことだ。

　心配になり口を開こうとしたところで、今度はジオルドが先に口を開いた。

「親しくされているということで、彼女を驚かせるという目的であのようなことをされたということでしょうか？」

　底冷えするような冷たい声で発せられた言葉はそのようなもので、私は思わず口をポカーンと開けてしまった。

「あっ、ジオルド様、昨日の（鼻を噛まれた）こと知って……」

「兄から大まかに聞きました」

　おお、ラーナに話したからそこからジェフリーにいったのかな。

　なんか鼻を噛まれたのを知られるのはやや恥ずかしい。

「そのことについては今、彼女にも改めて謝罪させてもらったところです。咄嗟なことで他に思いつかず、大変、失礼なことをしてしまいました。婚約者であるジオルド様にも謝罪を申し上げます」

と丁寧に謝罪した。

「あの、でもセザールさんがあの時にああしてくれたから、正気に戻れて助かったわけで……」

私がなんとかセザールは悪くないと伝えようとそう言うと、ジオルドの眉間の皺はさらに深くなった。

「……それは僕もわかっているんです。セザール様のその行動でカタリナが助かったことも理解はしているんです。だけど、僕でない別の誰かが君に触れるのがどうしても我慢できない。カタリナ、君は僕の婚約者だ」

ジオルドはそう言うとともになぜか顔を近づけてきた。私はわけがわからず、目を見開いてかたまった。

ジオルドの顔が近づきすぎてぼんやりしてしまうと同時に、唇にやわらかいものが触れた。

えっ、この感触には覚えがあった。

これはジオルドの唇⁉　ということは……キ、キス⁉　な、なんで、突然、どうして⁉

混乱して頭の中は大パニックだが身体は動かずされるがままだ。というか長い。前の時はすぐ離れたはずの唇がなかなか離れない。しかもなんだか口の中にやわらかいものが入ってきた！

これは一体なんなの？　ん、もしかして、これが噂《うわさ》に聞く——大人《おとな》のキスというやつ⁉

もう頭がいっぱいいっぱいで、私は意識を手放した。

「カタリナは僕の大切な婚約者ですので、これ以上、彼女に関わらないでください」

薄れゆく意識の中で、ジオルドの険しい声が聞こえた気がした。


山で怪我をして動けなくなった私をおぶって家まで下りてくれた兄の足は想像以上に傷ついており、翌朝、病院へ連れていかれることとなった。

そんな兄に後ろから、

「私のせいでごめんね」

と謝ると、兄は非常に不満そうな顔で振り返り、

「お前のせいじゃないから」

とぶっきらぼうに言った。それから、

「……妹が困った時に助けるのは兄の役目だから」

小さな声でそんな風に言うと、さっさと玄関へと行ってしまった。

私は胸が温かくなり、すごく嬉《うれ》しくなった。

「ありがとう。――お兄ちゃん」

たくさん意地悪されても、嫌なことを言われてもやはり私はこの兄のことが好きだった。

ああ、また懐かしい前世の夢を見た。

なんだか最近はよくこんな夢を見る。

セザールがなんだか前世の兄にかぶるからかしら、いや、兄はあんなにカッコよくなかったな。

そこまで考えたところで、あれ、そういえば私、どうして寝てるんだっけ？　と疑問に思った。

見上げる天井はいつもの自分の部屋だ。

部屋にまだ明るい日差しが差し込んでいる。

朝？　いや、それならアンが起こしてくれるだろうし、そもそもいつ寝たんだっけ？

不思議に思い身体を起こすと、

「カタリナ、気が付いたんですね。よかった」

そう言ってジオルドがすごい勢いで近づいてきた。

あれ、ジオルドがなんで私の部屋にいるのだろう？

不思議に思い首をかしげると、ジオルドががばりと頭を下げた。

「すみません、カタリナ。その実は、カタリナがセザール様に口づけをされたと思い込んでいて……」

「えっ、私、セザール様に口づけなんてされていませんよ！」

「そうみたいですね。あの後、そうではないと聞きました。どうやら僕と兄とのやりとりに行き違いがあったみたいで、すみません」

まさかセザールとキスしたと思われていたとは、それは恥ずかしいな。

「それで、あまりに嫉妬してつい我を忘れてしまって、人前であんなことを……」

ん、あんなことって？　……そうだ!?　私、さっき、ジオルドにお、大人のキスをされたのだった！

また顔にかっと熱が上がってくる。わ～と大きな声をあげて走り回りたいほどの恥ずかしさを覚えるが、そこでジオルドが、

「その、許してもらえますか？」

まるで捨てられた子犬のような目で上目づかいに見つめてくるものだから、

「あっ、うう、はい」

と火照《ほて》った顔のまま頷いた。

するとジオルドはまるで花が咲いたように嬉しそうにほほ笑んだ。

そんなジオルドに思わず見とれていると、バターンと大きな音がして部屋のドアが開いた。

「聞きましたわよ。ジオルド様、カタリナ様から離れてください」

ばばーんという効果音が聞こえてきそうな勢いでメアリが突進してきた。

そしてそんなメアリに、

「アラン様」

と声をかけられた後ろに付き従っていたアランが、ジオルドを私のベッドから引きはがした。

「ちょっと、何をするんですか！」

不満そうに声をあげたジオルドに、続いて入ってきたキースが、

「何をするんですかではありません。自分の胸に手を当ててよく考えてください。今後、しばらくあなたはクラエス家に立ち入り禁止です」

仁王立ちでそう宣言した。

「そうです。ジオルド様はしばらくはカタリナ様に近寄ってはなりません」

いつの間にか来ていたソフィアもそう言って、その後ろにいるニコルもこくりと頷いている。

そしてそんな皆の力でもってジオルドがどんどん遠くへ押されていく。

「カタリナにはもう謝罪して許してもらったんですよ」

ジオルドがそう言うが、

「たとえカタリナ様が許しても私たちが許しません」

とメアリも引く姿勢を見せず、ジオルドはどんどん遠くになっていく。

そんな光景を見ていたら、顔の熱も引いてきた。

「大丈夫。義姉《ねえ》さん」

いつの間にか真横に来ていたキースがそう聞いてきたので、

「大丈夫」

と答え、気になっていたことを聞く。

「あの、どうして皆がうちに？」

お休みの日に誰かがやってくることはよくあるけど、こんな、皆が皆そろうことはさすがにほとんどないのだ。

「ああ、皆、昨日の義姉さんに起こったことを耳にしたみたいで心配で様子を見にきたみたいだよ」

キースはそう言って苦笑した。

「そうなんだ」

私はわやわやと盛り上がっている皆の顔を見て、なんとなく安堵を覚えた。

闇の魔力が暴走しそうになったら、大切な人たちを思い出す。

もし、次に万が一があったならば、皆を思い出そう。そうすればきっと大丈夫。そんな風に思えた。

その後、しばらくしてマリアが昨日のお礼にとお菓子をたくさん作って持ってきてくれて、元気になったマリアと皆でお菓子を食べた。

昨日のことがまるで夢だったかのようにいい休日になった。

あとがき

皆さん、こんにちは、お久しぶりです。山口悟と申します。

『乙女ゲームの破滅フラグしかない悪役令嬢に転生してしまった…』も十三巻目となりました。ここまで読んでくださっている方々には本当に感謝しております。

ありがとうございます。

ちなみに、この『あとがき』を書かせていただいている今は、まだまだ夏という感じで非常に暑いのですが、本の発売は９月下旬ということで少しは涼しくなっていることを願います。

今回の話は隠しキャラセザール編です。

セザールがソルシエに留学してきて、イベントが発生!?

マリアとセザールがついに出会い、果たして恋は始まるのか！

そんな感じの十三巻になります。気になった方はぜひ読んでいただけると嬉しいです。

さてご存じの方もいらっしゃるかもしれませんが、この十二月には映画の公開も決まっております。

この映画化におきまして、原作を私の方で書かせていただきました。

精一杯頑張りましたので、どうぞよろしくお願いします。今から大画面で見られるカタリナたちがとても楽しみです。

いつもだとこのあたりで「あとがき」もおしまいなのですが、今回は少し長めなので、私のこの夏のお話でもさせていただこうと思います。

毎年、毎年、どんどんと夏の気温が上がっている気がするのですが、今年もまたすごく暑い日々ですね。

空調の効いた室内と屋外の温度差に部屋から出るとクラクラしてしまいます。

「あと十年もすれば防具でもないと外に出れなくなるんじゃないか」と話したりしています。

また私の暮らす新潟県は雪国で豪雪地帯なのに、夏は夏ですごく暑いのがやるせないです。

なぜか全国での最高気温をたたき出す日も何日かあり「雪か暑さかどっちかにして欲しい」ともらす日々です。

しかも湿気が多くすごくジメジメしているので、温度が四十度になる日にはミストサウナに入っているような気持ちになります。

そして七月下旬から小学生が夏休みに入り、我が家の横の広場でラジオ体操がはじまりました。ラジオの声は元気ですが、今は朝からすごく暑いので小学生は皆、大変そうです。

昔ならば夏休みになれば小学生たちがワーワーと遊んでいましたが、この暑さで外に出れば熱中症になる危険が高いためか、日中はほとんど見かけません。

皆、室内でゲームや動画に興じているのでしょうか。もう昔みたいに家の中でゲームばかりしてないで外で遊びなさいとは言えないですよね。外、暑すぎて危ないですものね。

夏の愚痴ばかり書いてしまったので、いいことも。今年は我が家の畑がいい感じでキュウリ、ナス、トマトなどすごく豊作でした。今はスイカもかなりとれています。

皆さんもぜひ夏の野菜で暑さを乗り切りましょう！

最後に、いつも素敵なイラストを描いてくださるひだかなみ様、編集部の担当様、また本作を出版するのに力を貸してくださったすべての皆様に心よりの感謝をもうしあげます。皆様、本当にありがとうございました。

山口　悟

IRIS
ICHIJINSHA

乙女《おとめ》ゲームの破滅《はめつ》フラグしかない悪役令嬢《あくやくれいじょう》に転生《てんせい》してしまった…13

2023年10月1日　初版発行

著　者■山口 悟
発行者■野内雅宏
発行所■株式会社一迅社
〒160-0022
東京都新宿区新宿3-1-13
京王新宿追分ビル5F
電話03-5312-7432（編集）
電話03-5312-6150（販売）
発売元：株式会社講談社
（講談社・一迅社）

印刷所・製本■大日本印刷株式会社
ＤＴＰ■株式会社三協美術

装　幀■萱野淳子

ISBN978-4-7580-9582-2

●この作品はフィクションです。実際の人物・団体・事件などには関係ありません。

この本を読んでのご意見
ご感想などをお寄せください。

おたよりの宛て先

〒160-0022
東京都新宿区新宿3-1-13
京王新宿追分ビル5F
株式会社一迅社　ノベル編集部
山口《やまぐち》 悟《さとる》 先生・ひだかなみ 先生

IRIS ICHIJINSHA 一迅社文庫アイリス

義弟のキースが行方不明になってしまって――⁉

『乙女ゲームの破滅フラグしかない悪役令嬢に転生してしまった…4』

乙女ゲームの悪役令嬢カタリナに転生した私。乱立する破滅フラグを無事回避し、あとは魔法学園卒業を待つばかり――と安心していたら、突然自慢の義弟キースが行方不明に…⁉「あなたが迷惑ばかりかけたせいよ」とお母様に責められ大反省した私は、仲間たちとキース探しの旅に出ることにしたけれど――。男女問わず恋愛フラグ立てまくりの、悪役令嬢を取り巻く恋のバトルは大混戦中？　大人気★破滅回避ラブコメディ第４弾‼

著者・山口 悟
イラスト：ひだかなみ

IRIS ICHIJINSHA 一迅社文庫アイリス

ゲームの続編が存在していたことを知って――⁉

『乙女ゲームの破滅フラグしかない悪役令嬢に転生してしまった…6』

乙女ゲームのバッドエンドしかない悪役令嬢カタリナに転生した私。魔法学園を無事卒業して破滅を完全回避！　――したはずだったのに…。え？　ゲームの続編が存在する⁉　しかも、続編ではパワーアップした出戻り悪役令嬢カタリナに前作よりも悲惨なバッドエンドが待っているの⁉　次の舞台は魔法省って、私、魔法省に入ることになったんですけど⁉　大人気★悪役令嬢の破滅回避ラブコメディ第6弾登場‼

著者・山口 悟
イラスト：ひだかなみ

悪役令嬢だけど…
破滅エンドは
回避したい
乙女ゲームの破滅フラグしかない悪役令嬢に転生してしまった…
キャラクター原案・コミック／ひだかなみ　原作／山口 悟